KB115101

FUSION FANTASTIC STORY
페리도스 퓨전 판타지 소설

# 죽은 자들의 왕 ㅁ

페리도스 퓨전 판타지 소설

초판 1쇄 찍은 날 § 2014년 11월  7일
초판 1쇄 펴낸 날 § 2014년 11월 14일

지은이 § 페리도스
펴낸이 § 서경석

편집부장 § 권태완
편집책임 § 박용서
디자인 § 신현아

펴낸곳 § 도서출판 청어람
등록번호 § 제1081-1-89호
등록일자 § 1999. 5. 31
어람번호 § 제1-1938호

주소 § 경기도 부천시 원미구 심곡2동 163-2 서경B/D 3F (우) 420-822
전화 § 032-656-4452  팩스 § 032-656-4453
http://www.chungeoram.com
E-mail § chungeorambook@daum.net

ⓒ 페리도스, 2013

ISBN 979-11-316-9200-4 04810
ISBN 978-89-251-3285-3 (세트)

FUSION FANTASTIC STORY

# 죽은 자들의 왕

9

페리도스 퓨전 판타지 소설

청어람
도서출판

# CONTENTS

CHAPTER **01**
집행관의 등장

죽은 자들의 왕

포이즌 우드 대륙의 각국에 청천벽력 같은 소식이 전해졌다.

연합 회담은 함정이었다. 동국 연합의 공격으로 서국 연합의 모든 군주가 죽었다.

서국 연합이 사악한 계략을 꾸몄다. 그들은 비열하게 연합 회담에서 동국 연합의 군주들을 살해했다.

각각 두 연합에 전해진 소식에 포이즌 우드 대륙은 충격에 휩싸였다.

자신들의 군주가 죽음을 당하다니.

그것도 상대 연합의 계략에 의해.

믿기지 않는 소식에 두 연합은 혼란과 경악에 휩싸였고 결국 격분했다.

동국 연합 또는 서국 연합을 그냥 둘 수 없다는 각자의 여론이 들끓었고 그런 목소리는 하나의 결과로 귀결되었다.

바로 전쟁.

복수를 위해 전쟁을 일으키기로 한 것이다.

당연히 반대하는 이는 아무도 없었다.

모두가 전쟁을 원했고 누구든 상대 연합의 사람을 죽일 수 있다고 하면 먼저 나섰다.

그 결과 동국 연합과 서국 연합의 대륙 전쟁이 발발했다.

선전포고 따위는 없었다.

두 연합은 준비가 되자마자 공격에 들어갔고 결국 잔혹하고 무자비한 전쟁이 시작되었다.

한데 대륙 전쟁으로 인해 안도의 한숨을 내쉬는 나라가 있었다.

아즈라 왕국.

노미디스 제국을 포함한 세 나라의 공격을 받고 있던 아즈라 왕국은 엄청난 위기에 처한 상황이었다. 겨우 방어만 하고 있던 상태로 언제 왕국이 함락되어도 이상하지 않을 정도였다.

그런데 대륙 전쟁이 발발하면서 세 나라의 병력이 동국 연합의 다른 나라들로 흩어졌고, 그 덕분에 오히려 숨통이 트인 것이다.

전황의 변화로 인해 아즈라 왕국은 위기에서 벗어날 수 있었고 지금에 와선 이전보다 훨씬 수월하게 전투를 벌이게 되었다.

하지만 그렇다고 아즈라 왕국의 상황이 좋은 것은 아니었다.

겨우 혼수상태에서 정신을 차리고 왕좌에 복귀한 맥기본 왕에 의해 아즈라는 안정을 찾아가려 했다. 그런데 그런 맥기본 왕이 '군주 학살 사건'으로 인해 사망하면서 집권 체제에 문제가 생긴 것이다.

왕좌가 다시 빈자리가 된 것이 얼핏 보면 이전과 비슷한 상황으로 보였지만 그렇지 않았다. 그때는 혼수상태라도 맥기본 왕이 생존해 있었지만 지금은 아예 존재조차 하지 않게 되었기 때문이다.

이것은 왕국에 군주가 없는 상황이 닥친 것이기에 상당한 문제가 발생한 것이 아닐 수 없었다.

이젠 맥기본 왕이 없기에 왕좌를 차지하기 위해 무슨 일이 벌어져도 이상하지 않은 것이다.

하지만 그런 일은 발생하지 않았다.

'왕실 회의 사건'으로 맥기본 왕은 일왕자와 이왕자 세력을 모두 감금해 버렸다. 그 때문에 최적의 기회가 왔음에도 일을 벌이지 못한 것이다.

그로 인해 왕좌를 차지하게 된 것은 바로 로즈 공주였다.

로즈 공주와 함께하게 된 중립파가 즉시 그녀를 왕으로 추대했고 며칠 만에 그녀가 아즈라 왕국의 새로운 왕이 된 것이다.

당연히 그 후에 감옥에서 나온 일왕자와 이왕자 등은 로즈 공주가 왕이 된 것을 알고는 격렬히 반발했다. 그들 입장에선 너무나도 어이없고 황당하게 왕좌를 빼앗긴 것이나 마찬가지기 때문이다.

하지만 곧 그들은 일그러진 얼굴로 침묵하고 말았다.

중립파가 맥기본 왕이 남기고 간 첩지를 내밀었기 때문이다. 거기엔 로즈 공주에게 다음 왕위를 넘긴다는 내용과 함께 인장이 찍혀 있었다.

맥기본 왕이 첩지를 내리고 갔을 줄은 전혀 예상 못 했기에 일왕자와 이왕자는 크게 당황하고 말았다.

그들은 첩지가 중립파에 의해 만들어진 것이라 판단했다. 그런 것은 일왕자나 이왕자도 충분히 조작할 수 있는 일이기 때문이다.

하지만 그것은 심증일 뿐 물증이 없었다. 거기다 후에 왕실 장로회의 수장인 에클리스턴 대공이 공중까지 하고 나서자 더 이상 트집을 잡을 수가 없었다.

결국 일왕자와 이왕자, 그리고 그들의 세력은 로즈 공주를 여왕으로 받아들였고 신하로서 추대했다.

그것이 겉모습일 뿐이란 걸 로즈 여왕과 중립파도 모르지 않았지만 신경 쓰지 않았다. 그들이 인정을 했다는 게 중요하기 때문이다.

결국 세 파벌은 견제와 눈치 속에 보이지 않는 싸움에 들어갔고 또한 왕국의 위기를 해결하기 위해 잠시간의 협력에 들어갔다. 전장 상황이 조금 좋아졌다고는 하지만 여전히 어려운 지경이기에 계속 다투고 있을 수 없는 상황이었던 것이다.

그 와중, 실종되어 전혀 소식을 알 길이 없는 남편 데미안 때문에 로즈 여왕은 세력 다툼 외에도 또 다른 걱정거리를 하나 더 안고 있었다.

\*　　　\*　　　\*

뿌우우우우우!

"퇴각 나팔이 울렸다! 모두 퇴각하라!"

"물러나라! 어서 물러나!"

"퇴각 명령이다! 퇴각해!"

아즈라 왕국에 위치한 브레이네르 평야 지대. 그곳에서 두 종의 병력이 치열한 전투를 벌이고 있었다.

전투를 벌이던 중 날이 어두워지기 시작하자 한쪽 병력의 본진에서 퇴각 나팔이 울렸고, 그 뒤를 이어 상대 병력 쪽에서도 퇴각 나팔이 울리면서 전투가 중단되고 있었다.

두두두두두!

잠시 후 먼저 퇴각 나팔을 분 병력의 본진에 전투를 치르고 온 지휘관들이 도착했다.

그 지휘관들의 모습은 약간 색달랐다. 지휘관 대부분이 여성이었던 것이다. 남성들도 있었지만 과반수 이상이 여인들로 구성돼 있었다.

그중 가장 눈에 띄는 사람은 가장 선두에서 피를 뒤집어쓴 여인이었다. 피에 가려 있음에도 미모가 돋보였는데, 그녀의 정체는 바로 아비게일 후작이었다.

휘릭!

타닥.

아비게일 후작은 본진에 도착하자마자 말에서 내렸다. 그러고는 곧장 전략과 작전을 위해 준비돼 있는 통제 막사로 들어섰다. 나머지도 모두 그녀를 따라 막사 안으로 들어갔다.

"오늘 피해 상황은?"

모두 자리를 하자마자 숨 쉴 틈 없이 아비게일 후작이 물었다.

그에 참모이자 군사인 시에라가 대답했다.

"막 퇴각을 한 참이라 확실히 집계가 되진 않았지만 대략 천여 명 정도의 사상자가 발생한 듯합니다."

"네바로 왕국군의 피해는?"

"비슷합니다."

"좋지 않군."

"그렇습니다. 병력 수가 밀리는 상황에 누적된 피해가 비슷하기 때문에 잘못하면 우려하던 일이 벌어질지도 모르겠습니다."

"……."

아비게일 후작은 침묵했다. 일이 잘못된 방향으로 가는 걸 알면서도 두고만 봐야 하는 현실이 그녀의 입을 다물게 하고 있었다.

'도대체 일이 왜 이렇게 됐을까.'

아비게일은 전쟁의 시발점이 된 군주 학살 사건을 비롯한 당시 일이 또다시 떠올랐다.

연합 회담에서 발생한 군주들의 죽음은 충격이었다. 특히 맥기본 왕의 죽음은 그 충격이 더 했다. 충성을 맹세한 군주의 죽음을 목격했으니 그녀가 어찌 분노에 휩싸이지 않겠는가.

당연히 그런 감정은 그녀만이 느끼는 것이 아니었다. 다른 나라도 마찬가지였고, 그로 인해 포이즌 우드 대륙 전체가 전쟁에 휩싸이는 건 당연한 일이었다.

하지만 중요한 건 이건 누군가에 의해 만들어진 상황이라는 것이었다.

아비게일은 그 사실을 알고 있었고 당사자를 만나 직접 전투까지 벌였다.

때문에 그 후 아비게일은 숨겨진 진실을 밝히려 했다. 이 모든 것은 조작된 것이며 원흉은 따로 있다는 것을.

하지만 그녀는 뜻을 이루지 못했다. 그녀의 숨은 배경인 에티안에서 제지를 한 것이다.

에티안은 구성원을 구속하거나 조종하는 세력이 아니었다. 자유롭게 본래 신분을 영위할 수 있도록 간섭하지 않았고 구성원들의 일에 조금도 관여하지 않았다.

아비게일도 특별한 일이 있을 때만 에티안에 소식을 전할 뿐 소속된 이후로는 단 한 번도 직접적으로 관련된 적이 없었다.

그런 에티안에서 처음으로 그녀에게 명령이 하달되었다. 군주 학살 사건이 디로드와 관련된 것이란 소식을 전하자마자 즉시 서신이 도착한 것이다.

내용은 아주 간단했다.


사건의 전말은 비밀에 붙일 것.

서신을 확인한 아비게일은 당황스럽지 않을 수 없었다. 처음으로 명령이 하달된 것은 차치하고서라도 사건에 대한 걸 비밀에 붙이라는 내용을 보낼 줄은 생각지 못한 것이다.

이유는 짐작이 갔다. 에티안의 존재는 절대 세상에 알려져서는 안 되었다. 당연히 디로드도 마찬가지였다. 디로드가 드러나면 에티안도 같이 드러날 수밖에 없을 테니 말이다. 아마도 그걸 차단하기 위해 이런 명령을 내린 것이 아닐까 예상이 되었다.

아비게일은 내려진 명령에 고민했다.

에티안의 명령은 절대적으로 따라야 했지만 진실을 밝힐 사람은 그녀밖에 없었다.

로젠블러와 전투를 벌일 당시 그 자리에 있던 자들 대부분이 블랙 클라우드와 관련된 사람들이었다. 아닌 사람은 오직 그녀 혼자. 데비아니가 있긴 하지만 그녀는 드래곤이 아닌가. 인간 세상과 관련이 없는 그녀가 사람들 앞에 나서서 해명해 줄 이유가 없었다.

그런 상황에서 자신이 진실을 숨기게 되면 전쟁은 필연이 되는 것이었다.

그렇게 아비게일은 깊이 고민했지만 결국 선택은 정해져 있었다.

에티안의 뜻에 따르는 것.

그 결과 전쟁은 시작되었고 그녀는 급히 병력을 이끌고 라

티고 영지를 떠날 수밖에 없었다. 비톤 성을 공략하기는 어렵다 판단한 네바로 왕국군이 방향을 바꿔 브레이네르 평야 지대로 움직였기 때문이다.

그 결과가 지금의 상황이었고 그녀는 어려운 전투를 벌이고 있었다. 네바로 왕국에서 추가 병력이 파견된 데다 소드마스터가 모두 사망한 네바로를 위해 노미디스 제국에서 소드마스터를 지원해 줬기 때문이다.

그녀는 마음이 편치 않았다. 이곳만 그런 것이 아니었다. 대륙 곳곳에서 전쟁이 벌어지고 있었고 두 연합은 진실을 모른 채 피를 흘리고 있었다.

그녀는 모든 것이 자신이 진실을 숨겼기 때문에 벌어진 일이라 자책하지 않을 수 없었다.

'미안해요…….'

아비게일은 마음속으로 사과했다.

죽어가는 자들에 대한 것일까?

아니었다. 그녀가 사과하는 대상은 한 사람을 향한 것이었다.

바로 그레이너.

그녀는 죽음을 맞이한 그레이너를 머릿속에서 지울 수가 없었다.

로젠블러와 대치하고 있던 상태에서 그를 혼자 놔두고 떠났던 그녀였다. 그 때문에 그레이너의 죽음이 자신 탓 같았고 에티안의 뜻에 따라 침묵하고 있는 지금 행동이 그레이너에 대한 배신 같았다. 그레이너라면 절대 진실을 숨기지 않았을 것이니 말이다.

그로 인해 그레이너에 대한 죄책감은 하루하루 더 커져 갔고 버릇처럼 매일 마음속으로 그에게 사과를 하고 있었다.

'음.'

생각에 잠겨 있던 아비게일 후작은 이내 고개를 흔들며 현실로 돌아왔다. 부하들이 모두 그녀의 명령을 기다리고 있었기 때문이다.

"지원군 요청에 대한 것은 어떻게 됐지?"

"얼마 전에 출발했다고 합니다만 대략 보름 정도는 걸릴 듯합니다."

"결국 그때까진 지금처럼 버티는 수밖에 없다는 거군."

이후 아비게일 후작은 전략 상황과 보급 등 몇 가지를 더 물었고 이내 회의를 끝냈다.

"회의는 그만 마무리하기로 하지. 내일을 위해 모두 휴식을 취하도록."

"알겠습니다."

아비게일 후작은 자리에서 일어나 먼저 막사를 빠져나갔고 부하들은 자리에서 일어나 예를 취했다.

아비게일은 자신의 막사로 향했는데, 막사에 가까워졌을 때 눈빛이 약간 달라졌다.

"충성!"

그녀가 다가오자 막사를 지키고 있던 병사들이 경례를 했다.

"……."

아비게일은 평소와 마찬가지로 살짝 고개를 까딱거리고는 막사의 입구를 가리는 천을 들추기 위해 왼손을 가져갔다.

그 모습은 누가 봐도 전혀 이상해 보이지 않았다.

하지만 사실 그렇지 않았다.

그녀의 오른손이 검에 가 있었기 때문이다.

왠지 모르지만 경계심을 가진 것이다.

스윽.

아비게일이 천을 들추자 천막 안의 모습이 드러났다.

"……!"

놀랍게도 천막 안에 누군가가 있었다.

그것도 두 명이.

아비게일은 그 두 사람을 보자마자 약간 놀란 눈빛을 보였다.

두 사람은 남성으로 노인과 중년인이었다. 노인은 의자에 앉아 있고 중년인은 옆에 시립해 있었다.

그들은 너무나도 자연스럽게 아비게일의 처소에 자리를 한 상태였다. 모르는 사람이 봤다면 침입자가 아니라 주인으로 착각할 정도였다.

그런 두 사람을 보고 아비게일은 바깥을 둘러봤다.

그러더니 조용히 안으로 들어가는 것이 아닌가.

침입자가 있음에도 알리지 않은 것이다.

그 이유는 곧 알 수 있었다.

"집행관님을 뵙습니다."

놀랍게도 아비게일이 노인 앞에 서더니 예를 취했다. 그것도 너무나도 정중하게.

노인은 그런 아비게일의 모습에 미소를 짓더니 입을 열었다.

"오랜만이구나. 일어나거라."

"예."

노인의 말에 아비게일은 몸을 바로 했다.

"날 기억하고 있었구나. 어렸을 때 이후 처음 보는 것일 텐데."

"제가 에티안의 사자로 임명되는 날이었습니다. 어찌 그날을 잊겠습니까."

"허허허. 그렇구나."

노인은 인자한 할아버지처럼 웃었다. 그 모습에 가식이나 위선은 전혀 보이지 않았다. 마치 시골 마을의 사람 좋은 노인 같았다.

하지만 노인은 평범한 사람이 아니었다. 그건 아비게일의 말로 인해 알 수 있었다.

에티안의 사자로 임명되는 날 본 인물.

그게 무엇을 뜻하겠는가.

바로 에티안의 사람인 것이다.

그것도 보통 직위를 가진 인물이 아니었다.

집행관.

그것은 바로 에티안 최고의 직위였다. 즉 마스터를 뜻하는 것이다.

어렸을 때 이후 처음으로 보는 집행관의 등장에 아비게일은 놀라움을 감추지 못했다. 사자도 아니고 집행관의 등장이라니 전혀 예상하지 못한 것이다.

"경비병들을 보고 침입자가 있음을 눈치챘는데 설마 그게 집행관님일 거라고는 생각지 못했습니다."

"소란을 피우기 싫어 약간 손을 썼을 뿐이다. 그나저나 많이 변했구나. 어렸을 때는 예쁘고 귀여운 소녀였는데 이제는 눈을 떼기 힘든 아름다운 숙녀가 되었어. 진작 만나러 오지 않았던 것이 후회가 될 정도구나."

"별말씀을요."

아비게일은 그러며 이번엔 노인의 옆에 서 있는 중년인에게 인사를 했다.

"펠튼 님도 오랜만입니다. 반갑습니다."

"저도 반갑습니다, 아비게일 님."

펠튼이라 불린 중년인도 인사를 했는데 나이가 훨씬 많아

보임에도 하대를 하지 않았다.

에티안에는 딱 두 가지의 직책이 존재했다.

집행관과 사자.

집행관을 제외한 사자는 모든 것에서 동등한 위치였고 펠튼 역시 아비게일과 마찬가지로 사자였기에 정중하게 행동하는 것이다.

펠튼과도 인사를 하자 아비게일은 본론으로 들어갔다.

"제가 보낸 디로드에 대한 소식 때문에 찾아오신 겁니까?"

"그래, 네게 보고를 받고 그들의 움직임이 심상치 않은 듯하여 직접 이렇게 널 만나러 왔다. 그날 있었던 것을 이야기해 주지 않겠느냐?"

"알겠습니다. 우선 전 네바로 왕국의 공격을 막기 위해 수도에서 출정을 했습니다. 그리고……."

아비게일은 출정부터 그레이너를 만난 것, 그리고 그와 움직이게 된 후 어떻게 디로드의 인물들을 만나고 군주 학살 사건까지 목격하게 되었는지 자세하게 이야기했다.

집행관과 펠튼은 보고를 통해 아는 내용도 있었지만 조금도 방해하지 않고 조용히 듣기만 했다.

잠시 후 이야기는 끝이 났다.

"로젠블러와 전투 후 디로드의 행적을 놓쳤고, 할 수 없이 돌아올 수밖에 없었습니다. 그런 후 에티안에 소식을 전했던 겁니다."

"그랬었군."

집행관은 잘 들었다는 듯 고개를 끄덕였다.

옆에 있던 펠튼이 말했다.

"디로드의 행적이 묘연하다 했더니 블랙 클라우드에 숨어 있었군요."

"그래, 아니면 원래부터 블랙 클라우드가 그들의 본거지였을지도."

"그럼 로젠블러와 대립한 일부 블랙 클라우드 어쌔신들의 행동이 말이 되지 않지 않습니까? 어쌔신들이 디로드의 소속이라면 왜 마스터인 로젠블러에 대항을 하겠습니까?"

"그날이 오기 전까지 우리의 존재가 알려지면 안 되는 것처럼 디로드 또한 마찬가지 아니더냐. 디로드의 위장 단체인 만큼 몇몇을 제외하고는 진짜 신분을 알리지 않았겠지. 그리고 진짜 중요한 건 블랙 클라우드가 아니다. 가장 중요한 건 바로 예전 수하들이 대항한 이유다."

"대항한 이유 말입니까?"

"그렇다. 엄밀히 보면 로젠블러는 그들의 마스터다. 그들을 키우고 지금의 힘을 준 자이지. 그런데 왜 그들이 대립을 하게 되었을까? 그것도 아주 극단적이면서도 심각하게. 아비게일."

"말씀하십시오."

"로젠블러와 대항한 블랙2 등이 노미디스 제국의 스프링스턴가와 함께하고 있다고 그랬지?"

"그렇습니다. 확실히 어떤 관계인지 알 순 없지만 굉장히 밀접한 관계인 건 확실해 보였습니다."

"그렇다는 건 스프링스턴가가 블랙 클라우드에 계획적으로 가문의 사람을 투입시켰을지도 모르겠구나."

"그게 무슨 말씀이십니까. 투입이라니요?"

"생각해 보거라. 스프링스턴가는 대단한 명문가다. 포이즌 우드 대륙에서 손에 꼽히는 기사 가문이지. 그런 가문에서 어쌔신 집단을 운영할 이유가 없다. 또 몰락해서 갈 데 없는 어쌔신들을 받아줄 이유도 없지. 그런 행동은 가문의 명성에 먹칠을 하는 것이니."

"그렇지요."

"그렇게 봤을 때 스프링스턴가에 어쌔신 집단이 있다는 건 계획적으로 만든 것이고 또한 그들이 블랙 클라우드에 속했다면 의도적으로 투입한 것이 아니겠느냐."

펠튼이 고개를 끄덕였다.

"말씀을 들어보니 그럴 듯합니다. 잠깐, 그렇다면 몇 년 전 서국 연합이 블랙 클라우드를 공격해서 몰락시킨 이유가……."

"스프링스턴가에서 투입된 자들이 꾸민 것이겠지. 아비게일의 말을 토대로 짐작해 보면 그들은 블랙 클라우드에서 로젠블러가 무언가 위험한 일을 계획하는 것을 알게 되었고, 그것을 막기 위해 블랙 클라우드를 멸망시켰을 확률이 높다. 하지만 그 와중 디로드의 핵심인 로젠블러와 그 수하들을 놓쳤고 지금까지 그것을 막기 위해 움직이고 있는 게 아닐까 싶구나."

"음."

아비게일의 이야기를 통해 만들어본 가설일 뿐이었다. 하지만 일리가 있어 보였다.

"아비게일, 네가 보기에는 어떠하냐? 넌 그 현장에 있었으니 분위기를 짐작할 수 있지 않느냐?"

"집행관님의 이야기가 어느 정도 일리가 있다 생각됩니다. 디로드와 블랙 클라우드 어쌔신들의 대화와 상황을 감안했을 때 충분히 가능한 가설입니다. 그 모든 걸 통틀어 유추해 볼 수 있는 건 모든 물음의 열쇠는 결국 안드레아 황녀가 아닐까 여겨지는군요."

"나도 같은 생각이다. 네가 말한 상황에서 로젠블러나 스프링스턴가의 어쌔신들이나 모두 안드레아 황녀를 중심으로 움직였다. 스프링스턴가는 그녀가 로젠블러의 손에 들어가는 것을 어떻게든 막으려 했지. 그 말은 곧 로젠블러가 벌이려는 일에 안드레아 황녀가 꼭 필요하다는 뜻 아니겠느냐."

"맞습니다. 그런데 의문입니다. 로젠블러는 왜 하필 이때 안드레아 황녀를 납치했을까요? 이미 그전에 납치 기회는 수없이 많았을 텐데?"

"그건 하나의 이유밖에 없다. 지금은 그녀가 필요하지만 그전에는 필요가 없었던 거지. 곧 그건 로젠블러가 하려는 일이 시기가 정해진 일이란 거고, 그것을 놓치면 무용지물이 될 수 있는 것이지."

아비게일과 펠튼은 고개를 끄덕였다.

아비게일이 말했다.

"그럼 저희도 그들을 막아야 하는 것 아닐까요?"

"막아야지. 어둠의 하수인인 디로드가 하려는 일이 세상에 이로운 것은 아닐 테니."

"하지만 그럼으로 해서 저희의 존재가 스프링스턴가에 알려질 수도 있습니다. 디로드를 상대하려면 그들과 마주치는 건 필연이 될 테니까요."

"걱정 말거라. 그래서 도움을 요청해 놨으니."

"도움이요?"

아비게일의 눈썹이 살짝 찌푸려졌다. 에티안의 힘이 어떤지 아는데 도움이라니 얼핏 이해가 가지 않은 것이다.

"두고 보면 알게 될 것이다."

"……"

이윽고 집행관은 자리에서 일어났다.

"이제 그만 가보겠다. 오랜만에 다시 만나서 즐거웠구나. 조만간 다시 연락을 할 것이다. 그때 내가 말한 도움이 뭔지 알게 될 것이다."

"알겠습니다. 그런데 그전에……."

그때 아비게일이 잠시 머뭇거리더니 이내 물었다.

"이번 일을 끝내면 진실을 밝혀도 되겠습니까?"

입구를 향하던 집행관의 시선이 그녀를 향했다.

"로젠블러를 처리하게 되면 디로드에 대한 것은 알려지지 않을 것이고 그의 악행을 알려도 문제가 되지 않을 겁니다. 그러니 진실을 밝혀도 되지 않겠습니까? 그렇게 하지 않으면 이 전쟁은 사상 최악의 전쟁이 될지도 모릅니다."

그 물음에 집행관이 답했다.

"안 된다."

그의 어조는 단호했다.

아비게일의 표정이 굳어졌다.

"에티안의 사자이니 알지 않느냐. 인간 세상에서 일어나는 일은 그대로 흘러가게 놔두어라. 그것이 정해진 운명이고 또 숙명이다. 우리가 나설 수는 없는 일이다. 우리가 나서는 건 오직 디로드와 관련됐을 때 아니면 운명의 그날이 왔을 때뿐이다. 알겠느냐?"

"예……."

아비게일은 힘없이 답했다. 이로써 그녀는 그레이너에 대한 죄책감을 영원히 지워 버리지 못할 듯했다.

집행관은 그런 마음을 짐작조차 하지 못하고 말했다.

"그렇게 걱정할 필요 없다. 기다리던 그날이 다가오고 있으니. 이제 빛이 세상을 뒤덮을 것이고 그때가 되면 우리는 천상에 다다르게 될 것이니."

아비게일은 말없이 정중하게 예를 취했다.

집행관은 고개를 주억거리며 인사를 받았고 이내 펠튼과 함께 막사를 나섰다. 그러며 그가 말했다.

"또 다른 손님이 왔구나. 정중히 맞이하도록 해라."

그 말에 아비게일은 막사의 입구를 바라보며 기다렸다.

그러자 잠시 후 정말 누군가가 안으로 들어왔다.

"데비아니 님!"

놀랍게도 그자는 바로 드래곤 데비아니였다.

그녀의 등장에 아비게일은 놀란 얼굴을 했다.

로젠블러와의 전투 이후 그녀를 보지 못했던 아비게일이 었다. 당시 데비아니는 블랙1인 데이빗과 전투를 벌이기 위해 혼자 빠졌었고, 그 후 소식을 알지 못했었다.

"드디어 찾았군."

데비아니도 아비게일을 보자 눈을 빛내며 말을 꺼냈다. 그녀도 아비게일을 찾고 있었던 모양이었다.

"어떻게 여기에 오신 겁니까? 아니, 그것보다 그때 어떻게 되신 건가요? 데비아니 님의 모습을 찾을 수가 없어 걱정했었습니다."

"훗, 뭐야. 내가 그런 인간 따위에게 당했을 거라 생각한 거야?"

"아니라고 말씀드리고 싶지만 솔직히 그랬습니다. 다시 나타나지 않으셨으니까요."

"여전히 빈말은 하지 않는군. 그래, 부정하진 않겠다. 블랙1이라는 그 인간 정말 강했다. 드래곤인 내가 간단히 처리할 수 없을 정도더군. 더구나 그자는 진심으로 싸울 생각 자체가 없더군. 시간이 어느 정도 흐른 후 사라져 버렸으니까."

"그럼 그 이후 왜 나타나지 않으신 겁니까?"

"나타나지 않았다니? 난 돌아갔었다. 거기서 그레이너의 시신을 목격했는걸?"

"그걸 보셨단 말인가요?"

그제야 아비게일은 데비아니가 돌아왔었다는 걸 알 수 있었다. 그렇지 않다면 그레이너의 죽음을 알지 못할 것이니 말이다.

"그것 때문에 널 찾아다녔다. 도대체 어떻게 된 일이지? 왜 그레이너가 죽은 거야?"

"그게……."

그레이너가 어떻게 죽은지는 그녀도 알지 못했다. 블랙2 등과 함께 안드레아 황녀를 구하기 위해 자리를 떴기 때문이다.

아비게일은 그 당시 상황을 자세히 설명했다.

그러자 데비아니의 표정이 변했다.

"뭐야? 그레이너만을 남기고 떠났다고?"

"예, 그에게 같이 가자는 뜻을 보였지만 고개를 저었어요. 그래서 할 수 없이 그를 놔두고 갈 수밖에 없었지요."

"……."

데비아니는 아비게일을 지긋이 바라보더니 말했다.

"그레이너가 왜 남았는지 그 이유를 모른단 말이야?"

"……."

뭔가 의미심장한 말에 아비게일은 아무 말도 하지 못했다.

"그래, 그럴 수도 있겠군. 넌 끝까지 알지 못했으니까."

"알지 못했다고요? 뭘 말이죠?"

"그 자리에 황녀 말고 잡혀 있던 또 다른 인간 기억하나?"

"또 다른 인간이요? 남자 말인가요?"

"그래, 그자. 그레이너는 그자 때문에 가지 못한 거야."

"그 남자 때문에요? 아니 왜……."

아비게일의 얼굴에 의문이 떠올랐다.

그에 데비아니가 말했다.

"그자가 바로 그레이너의 동생 데미안이었기 때문이다."

"……!"

아비게일의 눈이 찢어질 듯 커졌다.

그녀는 전혀 생각지도 못했다는 듯 놀란 모습을 감추지 못했다.

하지만 데비아니의 말은 끝난 것이 아니었다.

다음에 이어진 그녀의 말에 아비게일은 엄청난 충격에 휩싸이고 말았다.

"그리고 데미안은 바로 부마였다. 즉 로즈 공주의 남편이란 말이지."

"……!"

아비게일은 멍한 표정이 되었고 한동안 아무런 말도 할 수가 없었다.

CHAPTER **02**
부활

죽은 자들의 왕

탁! 그그극…

텁! 드드득…

어둡고 음습하기 그지없는 어느 숲 속.

적막이 흐르는 가운데 드문드문 울리는 괴기스러운 소리가 숲을 흔들고 있었다.

소리의 주인공은 한 남자.

덥수룩하게 풀어헤쳐진 머리에 정체를 알 수 없는 남자는 어딘가를 향해 걸어가고 있었는데 그 모습이 굉장히 소름끼쳤다.

남자는 옷도 입지 않은 알몸으로 걷고 있었는데 피부색이 괴이했다. 푸르죽죽하고 거무스름한 색을 띠고 있었던 것이다.

원래 피부색으로 생각될 수도 있지만 그건 아닌 듯했다. 왜냐하면 피부에 생기가 전혀 없고 하얗게 부패된 반점이 드문드문 있었기 때문이다. 전체적으로 봤을 때 피부가 썩어가고 있는 듯했다.

정상이 아닌 건 피부뿐만이 아니었다. 남자의 신체도 심상치 않았다.

남자는 온몸이 굳은 것처럼 뻑뻑하게 움직였는데 굉장히 부자연스러웠다. 특히 왼팔과 오른 다리를 전혀 움직이지 못하고 있었다.

오른손에 쥔 지팡이로 몸을 지탱하며 겨우 왼발로 한 발자국씩 걷는 상태였는데 그 와중에 오른 다리가 땅바닥에 질질 끌리면서 이상한 소리가 나고 있었다. 그 때문에 숲에서 괴기스러운 소리가 울려 퍼진 것이다.

그런 상황에 더욱 특이한 건 등에 가죽 주머니 하나를 메고 있다는 것이었다.

가죽 주머니는 입구가 단단하게 밀봉이 돼 있어 안에 뭐가 들었는지는 알 수 없었다. 크기도 그렇게 크지 않아 무거워 보이지 않았는데 괴기스러운 분위기를 풍기는 남자가 그런 것을 메고 있으니 굉장히 이상하게 보였다.

하지만 남자는 가죽 주머니가 세상에서 가장 소중한 물건이라는 듯 몸에 단단하게 묶어 놓았다.

그렇게 남자는 극히 비정상적인 신체를 가진 자로 어딘가를 향해 하염없이 걷는 중이었다.

걸음은 느리고 힘들어 보였지만 남자는 멈추지 않았다. 낮은 물론 밤에도 쉬지 않고 걸었다.

그 때문인지 모르겠지만 남자의 몸은 점점 더 굳어져 갔고 피부색 또한 시커멓게 변해갔다.

불편한 몸을 이끌고 심각하게 무리를 하는 것이 아닌가 싶었지만 남자는 조금도 속도를 늦추거나 멈추지 않았다.

그것으로 보아 한 가지를 알 수 있었다.

남자에겐 시간이 없었다. 그에겐 한정된 시간만이 존재했고 만약 그 시간이 모두 지나 버린다면 아마 최악의 결과가 남자에게 닥칠 듯했다.

그 최악의 결과가 무엇인지는 말하지 않아도 모르지 않을 듯싶었다.


우르릉!

콰콰쾅!

쏴아아아아아!

남자가 며칠 만에 숲을 헤치고 나왔을 때 천둥 번개와 함께 폭우가 쏟아지기 시작했다.

"……."

남자는 하늘을 바라보고는 쏟아지는 비에 얼굴을 적셨다. 그 모습이 마치 사막에서 한 모금의 물을 간신히 얻어 마신 자를 연상시켰다.

말라가는 몸에 물이 닿자 조금 기분이 나아진 듯 일그러진 표정이 약간 풀렸다.

하지만 그것은 아주 잠시일 뿐.

이내 남자는 다시 목적지를 향해 움직였다.

오후가 되었을 때 남자는 어떤 물길을 찾아냈다.

그에 남자는 물길을 따라 걸었는데 물길이 점점 넓어졌다. 그러더니 잠시 후 종착점이 보이는 것이 아닌가.

그것은 호수였다. 상당한 크기의 호수로, 여기저기에 물을 마시러 온 동물들이 있었다.

첨벙! 첨벙!

남자는 호수를 보자마자 걸어 들어갔다.

조금의 망설임도 없었는데, 누가 보면 마치 자살하려는 것으로 착각할 수도 있는 모습이었다.

걸음을 걸을 때마다 깊이는 깊어졌고, 남자는 점점 물속으로 빠져들었다. 허리를 지나 가슴으로, 그리고 목까지. 더 이상 진입했다가는 머리까지 완전히 잠길 듯했다.

꾸르륵.

결국 남자는 설마 했던 장면을 연출하고 말았다.

머리까지 잠기며 물속으로 완전히 들어간 것이다.

물속에 들어간 남자는 헤엄이라 볼 수 없는 몸짓을 하며 더욱 깊이 들어갔다. 그런데 우연인지 얼마 안 가 무언가가 눈에 들어왔다.

그것은 구멍이었다. 수초에 가려 잘 보이지 않았지만 구멍이 분명했다. 아마도 하천이나 호수 등지에 생기는 지하수 구멍 같았는데 넓이는 그다지 넓지 않았다.

그 구멍으로 남자는 몸을 들이밀었다.

부욱! 부확!

남자는 힘겹게 전진했다. 오른팔과 왼 다리밖에 움직이지 못해 행동이 어렵고 통로가 흙탕물이 되어 시야가 불편해도 남자는 멈추지 않았다. 신기한 건 물속에 상당 시간 있었음에도 아무런 문제가 없다는 것이었다.

그렇게 얼마나 갔을까.

푸화악!

갑자기 깊이가 얕아지더니 남자의 몸이 물 밖으로 나오는 것이 아닌가.

고오오오…

구멍의 끝은 공동이었다. 놀랍게도 호수 밑바닥에 굴이 존재했던 것이다. 그 때문에 밖의 물소리로 인해 공동이 울리고 있었다.

놀라운 건 그것만이 아니었다. 공동 안에 강철 문이 존재하고 있었다.

그것으로 한 가지를 알 수 있었다.

이곳은 인공적으로 만들어진 곳이란 걸.

더불어 그 주인공이 몸이 불편한 이 남자와 관련이 있다는 걸.

탁. 그그극…

남자는 힘겹게 철문으로 다가갔다.

그동안의 여정 때문인지 이전보다 훨씬 움직임이 느렸고 너무나 힘이 없어 보였다. 그것으로 보아 남은 시간이 얼마 남지 않았다는 것을 알 수 있었다.

이윽고 문 앞에 도착한 남자는 강철 문에 몸을 기댔다.

강철 문은 크고 두꺼웠다. 웬만한 힘으로는 흠집도 내지 못할 것 같았고 부숴 버리는 건 엄두도 나지 않을 듯한 모습이었다.

한데 특이한 점이 한 가지 있었다. 문의 정중앙에 작은 구멍이 있었다. 손이 하나 들어갈 만한 구멍으로, 왜 문에 그런 구멍이 있는지는 알 수 없었다.

남자는 그 이유를 아는지 모르는지 갑자기 이상한 행동을 했다. 자신의 손가락을 깨문 것이다.

"……."

그런데 피가 나오지 않았다. 강하게 물어 살이 찢어졌음에도 피가 나오지 않은 것이다.

그러자 남자는 오른손의 나머지 손가락 전부를 깨물었다.

하지만 마찬가지였다. 피가 전혀 나오지 않았다. 마치 피부가 거의 말라 버린 지금, 몸속의 피까지 마른 것이 아닐까 생각될 정도였다.

콰득!

그에 남자는 급기야 손목을 물어뜯었다.

조금의 망설임도 없는 행동으로, 경악스러우면서도 끔찍하기 그지없는 모습이 아닐 수 없었다.

주욱.

그런데 효과가 있었다.

손목에서 피가 배어 나온 것이다.

남자는 그것을 강철 문의 구멍에 집어넣었다.

그러자 곧이어,

쿵!

그그그그궁!

강철 문에서 굉음이 울리더니 문이 서서히 열리는 것이 아닌가.

문이 열리자 안의 전경이 드러났다.

안쪽의 모습은 완전히 다른 세상이었다. 문 밖이 어두컴컴한 굴이었다면, 안쪽은 그야말로 화려한 왕궁이었다.

벽과 바닥은 대리석으로 꾸며져 있었고 고급스러운 집기들이 고고한 분위기를 풍겼다. 전혀 어울리지 않는 장소에 존재하기 때문인지 이질적으로 느껴질 정도였다.

남자는 그런 공간에 발을 들였다.

그는 멋들어진 장소에 들어섰지만 아무것도 신경 쓰지 않았다. 그냥 곧장 어딘가로 향했다.

하지만 한 걸음 한 걸음 내딛는 발걸음은 현저하게 느려진 상태였다. 이제는 한 발자국 걷는 데도 온 힘을 다해야 할 것처럼 움직임이 좋지 않았다.

한데 자세히 보니 정면에 기묘한 느낌의 방이 하나 보였다.

그 방은 다른 방과는 달리 집기나 물건이 아무것도 없었다. 있는 거라곤 방 한가운데 덩그러니 놓여 있는 투명한 수조 하나뿐이었다.

수조는 검은 물로 채워져 있었는데, 물에서 은은한 총천연색 빛이 뿜어져 나왔다. 또한 거기서 알 수 없는 어떤 기운이 흘러나왔는데 왠지 심상치 않은 액체 같았다.

남자는 지금까지 여정의 목적이 바로 그 수조인 양 똑바로 수조를 주시하며 전진했다.

한 발자국, 또 한 발자국…

수조까지 가는 거리가 지금까지 온 거리보다 더 멀어 보이는 듯 남자의 기력은 눈에 띄게 줄었고, 종국에 방에 들어서서는 기기까지 했다.

터엉!

남자는 지팡이를 버렸다. 아니, 놓았다는 표현이 정확했다. 더 이상 잡을 힘이 없었다. 등에 메고 있던 주머니도 풀어 버렸다.

남자는 기고 기어 결국 수조에 도착했다.

턱!

그는 수조의 끝을 잡아 겨우 상체를 일으킨 후,

첨벙!

수조 안으로 뛰어들었다.

\*        \*        \*

그림자 군주 능력을 처음으로 사용한 사람은 '베도' 라는 자였다.

베도 역시 블랙 클라우드의 어쎄신으로, 그레이너에겐 시조 격인 스승이었다.

베도가 그림자 군주 능력을 받은 건 모르템이 되고부터였다.

모르템이라는 단체는 처음부터 존재한 것이 아니었다. 블랙 클라우드가 만들어진 후 몇 십 년 뒤에 만들어진 것으로, 베도가 초창기 멤버 중 한 명이었다.

하여튼 모르템의 일원이 되어 그림자 군주 능력을 받은 베도는 경악을 금치 못했다. 자신이 받은 능력이 지금까지 세상에 존재하지 않는 색다른 힘이었기 때문이다.

그림자 군주 능력은 마법도 주술도 아니었다. 중간계에 존재하는 모든 것들과 궤를 달리하는 것으로, 베도는 어린아이처럼 신기함을 느낄 정도였다. 이런 것이 세상에 존재할 거라곤 생각도 해보지 못했었다.

그림자 군주 능력은 신기하기도 했지만 상상을 초월할 정도로 강력했다. 어둠이 있는 곳이라면 거기가 어디든 순간 이동이 가능했고 시전자 자신이 직접 그림자가 되어 적을 공격할 수도 있었다.

이것은 어쌔신에겐 최고의 능력으로, 베도는 자신에게 이런 능력을 준 마스터가 고마우면서도 의도가 의심스러웠다. 아무리 길드의 일원이라지만 이런 강력한 힘을 그냥 준다는 건 거의 보기 힘든 일이기 때문이다.

하지만 그런 의심을 가지기엔 그림자 군주 능력이 너무나 매력적이었기에 곧 의문은 희미해질 수밖에 없었다.

그림자 군주 능력을 받은 이후 베도는 그것을 자신의 것으로 만들기 위해 많은 노력을 기울였다. 그런 만큼 시간이 지나면서 베도는 그림자 군주 능력과 하나가 되어갔고 어느새 능숙하게 사용할 수 있을 정도가 됐다.

그런데 시간이 지나면서 베도는 무언가 이상함을 느끼기 시작했다. 그림자 군주 능력과 하나가 되면 될수록 몸에 변화가 일어난 것이다.

첫 번째는 점점 사라지는 생기였다.

당시 그는 중년의 나이였지만 상당한 실력자였던 만큼 젊음을 유지하고 있었다. 그런데 그림자 군주 능력을 받은 후부터 생기가 사라지기 시작했다.

처음엔 크게 신경 쓰지 않았다. 특별한 능력이니만큼 몸에 익숙해지기 전엔 무리가 있을 거라 여긴 것이다. 또 피부나 얼굴에 드러나지 않고 몸속에 자리한 인간의 생기가 희미하게 빠지는 것이기에 큰일은 아니라 생각했다.

하지만 시간이 지나면서 오히려 더 빠르게 사라지는 생기에 그는 당황했고 심각함을 느낄 수밖에 없었다.

두 번째는 영혼이었다. 사실 사람은 자신의 영혼을 느낄 수 없다. 하지만 베도는 달랐다. 그는 그림자 군주 능력을 얻은 이후부터 자신의 영혼을 느낄 수 있었다.

그의 영혼은 그림자 군주 능력과 동기화 되어갔다. 아니, 정확히 말하면 그의 영혼이 그림자로 변하기 시작했다.

그림자는 또 다른 자아, 또는 제2의 영혼이라고 했다. 한데 그림자 군주 능력 때문에 베도의 영혼이 그림자가 되어갔던 것이다.

그 외에도 몇 가지 변화가 있었지만 앞의 두 가지가 가장 결정적인 것이었고, 완전히 그림자 군주와 하나가 되었을 때 베도는 깨달았다.

'난 죽었다.'

그림자 군주 능력을 완전히 받아들였을 때 더 이상 그는 살아 있는 사람이 아니었다. 영혼은 그림자가 되었고, 신체에는 생기가 완전히 사라졌다. 그야말로 죽은 자가 된 것이다.

베도는 어째서 이런 일이 벌어졌는지 고민했다. 그리고 몇 가지를 알 수 있었다.

먼저 그에게 능력을 준 마스터는 그림자 군주 능력에 대해 자세히 알지 못한 것은 물론 제대로 몸에 안착시키지 않았던 것이 확실했다.

마스터가 그림자 군주 능력에 대해 자세히 알았다면 그에게 줬을 리가 없었다. 가치를 모르기 때문에 자신에게 준 것이었다.

결정적인 건 능력을 자신에게 주면서 마스터에게는 아무런 이상이 없었다. 그것은 베도처럼 능력을 일체화하지 않았다는 증거였다. 만약 마스터가 그림자 군주 능력을 완전히 자신의 것으로 했었다면 그의 영혼까지 딸려 왔어야 했다. 자신의 영혼이 그림자에 묶인 것처럼.

그리고 그런 것들을 떠나 가장 중요한 건 그림자 군주 능력이 확실히 이 세상의 것이 아니라는 것이었다. 직접 몸으로 느껴보니 베도는 그것을 분명 느낄 수 있었다.

이후 베도의 고민이 시작되었다. 그림자 군주 능력을 제자에게 전해줄지 말지를.

베도의 몸은 점점 생기를 잃어갔다. 그는 이미 죽어 불사의 몸이 된 것 같지만 그렇지 않았다. 영혼은 불사일지언정 신체는 아니었던 것이다.

신체의 생기가 사라지면 그의 몸은 죽고 영혼만이 그림자로 남게 되는 것이다.

결국 몸이 죽기 전에 능력을 줘야 했는데 고민이 될 수밖에 없었다.

그림자 군주는 이 세상에 존재하지 않는 강력한 힘이면서 또한 저주였다. 힘을 얻을 순 있지만 영혼이 그림자에 속박되기 때문에 물려줄 만한 것으로 보기 힘들었다. 그러니 꺼려질 수밖에 없었다.

하지만 그런 고민이 얼마 가지 않아 쓸모없는 것이었음을 알게 되었다.

그림자 군주 능력은 이미 제자를 향하고 있었다. 몸이 붕괴되기 직전 그는 그것을 느낄 수 있었고 그가 죽어도 막을 수 없다는 것도 알 수 있었다.

그제야 베도는 깨달았다. 자신이 죽는다고 그림자 군주 능력이 사라지는 것이 아니라는 걸.

능력은 다른 사람에게 옮겨갈 것이고 자신에게 그랬던 것처럼 똑같이 강력한 힘에 취하게 만들 것이 분명했다. 벗어날 수 없는 수레바퀴처럼.

결국 베도는 제자에게 그림자 군주 능력을 넘겼다.

그리고 능력을 넘기는 순간 생기가 완전히 사라진 그의 신체는 모래처럼 붕괴되어 흩날렸다.

그것으로 베도는 끝났다 여겼다.

하지만 놀랍게도 그렇지 않았다.

베도의 몸은 사라졌을망정 그림자는 사라지지 않았다.

자신의 그림자가 그림자 군주에 묶이게 되면서 함께 제자에게로 옮겨가게 된 것이다.

그런 일이 발생할 거라곤 상상도 못 한 베도는 크게 놀랐고 이어받은 제자 또한 놀라고 말았다.

그것이 시작이었다.

베도를 시작으로 그림자 군주 능력은 주인들의 영혼을 모두 구속했고 세월이 가면서 끊이지 않고 이어졌다.

그리고 현 시대에 와서 마지막 주인이었던 그레이너, 그에게 있던 그림자 군주 능력을 로젠블러가 회수하면서 모든 구속이 풀렸다.

하나 그것이 어떤 결과를 낳을지는 누구도 알지 못했다.


*       *       *


수조가 있는 방.

그곳은 조용했다. 몇 주 전 수조로 뛰어든 남자의 흔적을 빼면 이전과 다를 것이 없었다.

한데 자세히 관찰하니 다른 점이 보였다.

수조.

총천연색 빛을 내뿜던 검은 물이 어느새 맑고 깨끗한 물로 바뀌어 있었다.

어떻게 시커멓던 물이 깨끗하게 바뀌었을까.

그 이유를 알 순 없었지만 수조 안에 뛰어들었던 남자의 모습이 비쳐졌다.

남자는 수조에 앉아 고개를 숙인 채 눈을 감고 있었는데 그 모습이 완전히 변해 있었다.

시커멓게 마르고 갈라졌던 피부는 어느새 하얗고 매끈하게 변하였고, 머리카락엔 윤기가 흐르며 생기가 넘치는 것이 완벽하게 다른 사람으로 변신한 상태였다.

그때였다. 남자가 고개를 들더니 눈을 떴다.

그러자 그자의 얼굴이 드디어 제대로 드러났다.

너무나도 익숙한 얼굴.

바로 그레이너였다.

출렁.

그레이너가 자리에서 일어났다. 그러고는 수조를 나와 팔과 다리를 움직여 봤다.

모두 유연하게 잘 움직여졌다. 특히 전혀 움직이지 못했던 왼팔과 오른 다리도 전혀 문제가 없었다.

그런데 순간,

—겨우 살았군. 아슬아슬했어.

누군가의 목소리가 들려왔다.

그런데 한 사람만이 아니었다.

—그러게 말이야.

—운이 좋았지. 난 그대로 소멸하는 줄 알았다고.

이들은 누구인 것인가?

또 아무도 없는 이곳에서 어떻게 사람들의 대화 소리가 들린단 말인가.

그런데 그레이너는 소리가 들림에도 주변을 살피지 않았다.

마치 그들의 정체를 아는 것처럼.

대화자들의 정체는 바로 그레이너의 선조이자 스승이었다. 그들은 이전에 그림자 군주 능력과 함께했던 자들로 그림자 군주에 영혼이 구속되어 마지막 전승자인 그레이너의 몸에 존재하고 있었다.

그렇다면 그들은 그레이너가 입을 연 것도 아닌데 어떻게 소리를 내 대화를 한 것일까?

그 의문은 다음에 벌어진 상황으로 인해 즉시 알 수 있었다.

슈르르르…

그레이너의 그림자가 갑자기 요동치기 시작했다.

그러더니 서서히 쪼개지는 것이 아닌가.

스스스스스.

쪼개진 그림자들은 점점 커지더니 하나의 형상을 만들어 나갔다.

바로 인간.

검은 형상의 인간으로 변하기 시작한 것이다.

결국 잠시 후 수십 명에 달하는 인간 형상이 은신처를 가득 채웠다.

검은 인간 형상들의 정체는 선조들이었다. 그들의 영혼은 그림자와 일체화되었기에 그림자의 한 부분이 되었고, 이렇게 검은 형상으로만 자신들을 드러내는 것이다.

그래서 그런지 형상들은 모두 제각각 다른 모습을 가지고 있었다. 아마도 살아생전 자신들의 그림자가 지금의 모습일지 몰랐다.

─몸은 어떠냐?

검은 형상 중 하나가 그레이너에게 물었다.

그에 그레이너가 사건 후 처음으로 입을 열었다.

"좋습니다."

─어떤 일이 있었는지는 기억이 나느냐?

"제 목이 잘린 것까지는 기억납니다."

─운이 좋았다. 로젠블러가 팔을 자른 덕분에 소멸을 면할 수 있었다. 네 자아가 심연 깊숙한 곳에 빠져 있는 사이 우리가 이곳으로 데리고 왔지. 최후의 은신처인 이곳에.

최후의 은신처.

그것은 많은 것을 의미하는 말이었다.

그림자 군주 능력은 계속 전승되었고 영혼의 이전 역시 끊이지 않고 반복됐다. 갈수록 영혼은 쌓여갔고, 그림자 군주 능력은 그것을 그대로 받아들였다.

그 때문일까.

어느 정도의 세월이 흐르자 그림자 군주 능력에 변화가 생기기 시작했다.

인간은 제각각의 특징과 개성을 가지고 있었고, 그건 영혼도 마찬가지였다.

한데 그림자 군주 능력은 그것을 모두 받아들였다. 그래서인지 변화가 일어나기 시작했고, 그림자 군주 외에 또 다른 힘이 생성되기 시작했다.

바로 영혼들이 가지고 있던 본연의 힘.

그림자 군주 능력에 구속된 자들은 모두 뛰어난 실력을 가진 어쌔신이었다. 당연히 가지고 있던 힘 역시 상당한 수준이었는데 영혼이 그림자 군주에 동기화 되면서 힘도 함께 변이를 했다.

영혼이 그림자 군주에 구속되어 있는 만큼 변이된 힘도 어느 정도 구속이 되었고, 그 탓에 다음 전승자에게 그림자 군주가 옮겨갈 때 같이 전해질 수밖에 없었다. 그런데 그것이 쌓이고 쌓이면서 새로운 힘이 만들어지기 시작했고 결국 그림자 군주 능력과 함께 자리를 잡기 시작한 것이다.

그 힘은 그림자 군주의 힘과 비슷하면서도 달랐다. 그림자 군주에 의해 변이 되긴 했지만 인간 본연의 힘에 의해 만들어진 것이기에 실제론 전혀 다른 존재라 할 수 있었다.

당연히 그림자 군주 능력은 그것을 그냥 두고 보지 않았다. 특별한 능력인만큼 다른 존재와 공존하는 걸 용납하지 않았던 것이다.

그에 전승자들은 힘을 외부로 배출해야 했다. 내부에 그대로 뒀다가는 문제가 일어날 수밖에 없었기 때문이다.

그런데 그런 와중 한 가지 장치를 마련했다.

배출하는 힘은 한 명, 한 명의 핵심에 가까운 힘이었다. 때문에 이것을 그냥 소멸시킬 수는 없었다. 그래서 생각한 것이 저장을 하기로 한 것이다.

저장을 해두면 언젠가 필요한 때가 올 거라 여겼다.

결국 오랜 세월 전승자들은 힘을 계속 저장했고, 그 힘의 정체가 바로 그레이너가 들어갔던 검은 물의 정체였다.

일명 '카름'.

수많은 선조들의 핵심 마나로, 눈에 보기에는 오염된 탁한 물처럼 보였지만 사실 천 년 넘게 모아온 진수 중의 진수였다.

그림자 군주 능력을 빼앗기면서 그레이너의 몸은 붕괴되기 일보 직전이었는데 카름을 흡수하게 되면서 살아나게 된 것이다.

―만약을 위해 약간의 카름을 남겨둔 것이 주효했다. 그렇지 않았다면 로젠블러에게 그림자 군주를 빼앗긴 그 즉시 너

와 우리 모두 즉시 소멸했을 것이다.

본래 그림자 군주 능력을 빼앗긴 순간 그레이너와 선조의 영혼들은 소멸됐어야 했다. 그림자 군주에 구속되어 있었기 때문이다.

하지만 그것을 막을 수 있었던 이유는 만약을 위해 카름을 약간 남겨둔 것 때문이었고 그로 인해 소멸을 막은 것이다. 더불어 부활과 함께 여기까지 올 수 있었던 것이고.

―그리고 저것.

선조가 가죽 주머니를 가리켰다.

그레이너의 시선이 향했다.

―데미안이다.

"……."

그레이너의 눈썹이 약간 꿈틀거렸다.

―오는 와중 화장을 했다. 네 동생이니 어떻게 할지는 네가 결정하거라.

"감사합니다."

그레이너는 가죽 주머니를 들었다. 복잡한 감정이 그의 눈에 떠올랐다. 아마도 로젠블러에게 죽었을 당시의 기억이 떠오르기 때문인 듯했다.

―복수를 생각하느냐?

그 모습을 보고 선조가 물었다.

"그렇습니다."

─그럴 거라 예상했다. 우리가 생각해 놓은 게 있는데 들어 보겠느냐?

그레이너의 시선이 선조들을 향했다.

이것이었다.

그동안 그레이너가 모든 일에 능수능란하고 남보다 먼저 상황을 파악했던 이유.

수많은 선조들의 경험과 지식, 조언이 그를 완벽하게 만들었던 것이다.

그레이너는 빛나는 눈으로 고개를 끄덕였다.

"말씀해 주십시오."

CHAPTER **03**
추적

죽은 자들의 왕

웅성웅성!

와글와글!

노미디스 제국의 수도 듀페리얼.

현재 듀페리얼에는 전운이 감돌고 있었다.

노미디스는 동국 연합과의 전쟁 때문에 수많은 전장으로
병력을 보내는 상황이었다. 때문에 수도는 언제나 병력이 드
나드는 중이었고 그것은 무거운 분위기를 연출했다.

그 때문에 백성들은 되도록 밖으로 나가는 것을 자제했고
나가더라도 술집이나 식당 등에 모여 현 상황에 대해 이야기
를 나눴다.

지금 한 주점도 그런 상황이었다.

"빌어먹을 동국 연합 놈들! 황제 폐하를 시해하다니! 그놈들은 다 쳐 죽여야 돼!"

"맞아! 비열하고 악독하기 그지없는 놈들! 절대 편하게 죽여선 안 돼! 고통을 당해봐야 한다고!"

"그럼, 그럼!"

주점에 모인 사람들의 대화는 모두 전쟁에 대한 것이었다. 대부분 상대편인 동국 연합을 저주했으며 술에 많이 취한 사람들은 주점이 떠나가라 고함을 지르기도 했다. 하지만 아무도 그것에 대해 뭐라 하지 않았다.

"……."

한데 그런 사람들과 다르게 조용히 술잔을 기울이고 있는 남자가 한 명 있었다.

남자는 주점의 구석에 자리하고 있었는데 잠깐 잠깐 홀짝거릴 뿐 술에 크게 관심을 두지 않고 있었다.

남자의 정체는 바로 그레이너였다.

몸을 회복한 그레이너는 복수에 대해 선조들과 상의했고 은신처를 나와 곧장 이곳 듀페리얼로 왔다.

사람들의 대화를 듣는 그레이너의 얼굴은 무표정했다. 하지만 겉모습만 그럴 뿐 속으론 의문을 느끼고 있었다.

그때 그의 머릿속으로 선조들의 목소리가 들려왔다.

―상황이 예상과 다르게 흘러가는군.

―사람들의 대화를 들어봤을 때 군주들의 죽음이 로젠블러의 소행인 걸 모르고 있군.

　―왜 그 사실이 알려지지 않은 거지?

　―블랙2 등이 자신들의 신분이 드러날까 봐 밝히지 않은 걸지도 모르지.

　―그 아이들은 그럴지 몰라도 그레이너와 함께했던 아비게일이나 데비아니는?

　―데비아니는 드래곤이잖아.

　―인간 세상의 일에 깊이 관여할 리가 없지.

　―그렇다면 아비게일은? 그녀는 블랙 클라우드와 전혀 관련이 없잖아?

　―그래, 거기다 아즈라 왕국의 기사이기도 하지.

　―그런 그녀가 침묵을 했단 말인가?

　―뭔가 있군.

　―진실을 숨기면 어떤 일이 벌어질지 모를 정도로 아둔한 여인이 아니니 어떤 의도가 있다는 말이겠지.

　―여자치고는 괜찮은 인물이라 생각했는데 실망이군.

　"……."

　선조들의 말에 그레이너는 아무런 말도 하지 않았다. 눈빛에 약간의 감정이 드러나긴 했지만 금세 사라졌다.

　시간이 지나자 주점 안의 대화에서 건질 만한 내용은 더 이상 없었다. 이미 나온 내용이거나 부풀려져 믿지 못할 것들이 대부분이었다.

그래서일까.

그레이너가 자리에서 일어났다. 그러고는 주점을 나와 버렸다.

한데 주점을 나온 그레이너는 멀리 가지 않았다. 근처 골목길에서 시간이 지나기를 기다렸다.

잠시 후 시간이 흘러 자정이 되어가자 사람들이 하나둘 주점을 나서기 시작했다. 결국 얼마 후엔 모든 손님이 돌아갔고 주점은 영업을 마무리했다.

그레이너는 그때까지도 골목길에서 조용히 자리하고 있었다.

"오늘도 고생했다."

"내일 뵙겠습니다."

얼마 지나지 않아 점원이 일을 끝마치고 주점을 나섰다.

그제야 그레이너가 움직이기 시작했다.

점원의 뒤를 따라.

그레이너는 은밀하게 움직였다. 그림자 군주 능력이 사라져 이전처럼 모습을 완전히 보이지 않게 할 순 없었지만 기본적인 은신 능력은 떨어지지 않았다.

점원은 어두운 밤이라 가는 와중 주변을 둘러봤지만 그레이너를 발견하지는 못했다.

그렇게 한참을 걸은 점원은 이윽고 허름한 집에 도착했다.

그곳이 그의 집인 듯 점원은 자연스럽게 안으로 들어갔다.

휘익!

그에 그레이너는 지붕으로 몸을 날렸다. 그러고는 구멍을 뚫어 집 안을 들여다봤다.

탁, 탁!

점원은 부싯돌로 촛불을 켜더니 주점에서 가져온 보자기를 풀었다. 음식이 나왔는데 아무래도 주인의 허락하에 남은 음식을 싸온 듯했다.

점원은 음식을 먹고는 간단하게 몸을 씻은 후 촛불을 끄고 잠자리에 들었다.

그레이너는 그것을 빠짐없이 지켜보았다.

잠시 후 피곤했던 점원의 코 고는 소리가 들렸는데 그는 몸도 이리저리 뒤척였다. 그레이너가 왜 이자를 지켜보는지 이유를 알 수 없을 정도로 평범한 자였다.

그렇게 아무 일 없이 흘러가는 듯했는데…

스윽.

갑자기 점원이 몸을 일으켰다.

그러더니 탁자가 있는 곳으로 가더니 바닥을 만지는 것이 아닌가.

끼익.

그러자 판자가 들어 올려지더니 시커먼 통로가 모습을 드러냈다.

점원은 눈을 감고 잠시 주변을 감지하는 듯하더니 그 안으로 들어가 버렸다.

—우리 차례군.

—가자고.

—가지.

그때 그레이너의 그림자에서 세 개의 형체가 점원을 뒤따라 통로로 들어갔다. 그러고는 점원의 그림자 속으로 들어가는 것이 아닌가.

홱!

순간 점원이 뒤로 고개를 돌렸다.

그는 살짝 눈썹을 찌푸렸다.

무언가를 느끼고 돌아봤지만 보이는 거라곤 자신의 그림자밖에 없었다.

결국 점원은 고개를 갸웃거리더니 다시 통로를 따라 움직이기 시작했다.

한편 그레이너는 지붕에 가만히 자리하고 있었다.

그림자 군주 능력을 잃은 그레이너는 더 이상 이전처럼 그림자가 될 수 없었다. 이제 그의 몸은 인간의 신체 그대로였기에 불가능했다.

하지만 선조들은 달랐다.

그들은 그림자 군주의 영향을 받은 힘, 카름의 영향으로 영혼을 그림자 형태로 띨 수 있었다.

때문에 이제는 그레이너 자신이 움직이지 않고 선조들을 통해 행동에 들어간 것이다.

그레이너는 조용히 기다렸다. 선조들이 그와 함께하고 있기는 하지만 개별적인 영혼이기에 선조들이 보거나 듣는 걸 그가 알 수는 없었다.

슈우욱.

얼마 후 점원을 따라갔던 세 선조 중 두 명의 형체가 나타났다.

—블랙2의 수하가 맞다.

—하지만 스프링스턴가가 아닌 다른 곳으로 연결되어 있었다.

그들의 말에 그제야 그레이너가 점원을 쫓아온 이유를 알 수 있었다.

점원은 바로 블랙2. 클레어의 수하이자 스프링스턴가의 어쌔신이었던 것이다.

그레이너가 듀페리얼에 온 이유는 클레어를 만나기 위함이었다. 그녀는 로젠블러에 대해 그가 알지 못하는 많은 것을 알고 있었고, 복수를 위해서 그레이너는 그 정보들이 필요했다.

이곳은 스프링스턴가의 지역이고 어쌔신을 통해 감시 활동을 할 것이 분명했다. 그것을 예상하고 그레이너는 어쌔신으로 보이는 자들을 찾았고, 그중 한 명을 쫓아 여기까지 온 것이다. 그리고 예상대로 점원은 스프링스턴가의 어쌔신이 맞았다.

"어디입니까?"

—빈민가다.

이미 스프링스턴가가 아닐 거라 예상은 했다. 어쌔신 단체를 가지고 있다는 게 알려지는 것만으로 명성에 타격을 입을 텐데 가문 내부에 어쌔신들을 놔둘 리가 없는 것이다. 아마도 다른 장소에 거점을 만들어놓았을 확률이 높았다.

"가죠."

그레이너는 빈민가 쪽으로 신형을 날렸고 두 선조는 자연스럽게 다시 그림자 속으로 스며들어 갔다.

빈민가는 듀페리얼의 남서쪽에 위치했는데, 그 규모가 상당했다. 노미디스 제국은 빈부의 격차가 상당했고 제국인만큼 하류층 또한 많았다.

빈민가에 도착한 그레이너는 중심부로 움직였다. 거기서 돌아오지 않았던 나머지 선조가 기다리고 있었다.

—이곳은 본거지가 아니다.

"위장 거점이군요. 몇 명이 있습니까?"

—다섯 명이다.

그에 아홉 명의 선조가 그림자에서 나왔다. 그러고는 기다리고 있던 선조와 함께 근처에 있던 허름하고 지저분한 천막으로 들어갔다.

잠시 후.

휘휘휙!

슉슉!

천막에서 인영들이 나타나더니 사방으로 흩어졌다.

역시나 그레이너는 그것을 조용히 지켜봤다. 선조들이 뒤따라간 것을 모르지 않기 때문이다.

그로부터 약 삼십 분 정도의 시간이 흐른 후 선조들이 하나둘 돌아왔다. 열 명의 선조 중 다섯 명이 돌아왔다.

─대장간으로 갔다.

─어느 평민의 집으로 들어가더구나.

─상가의 마구간으로 들어갔다.

─도박장에 가더군.

─여관으로 갔다.

선조들에게서 나온 대답은 모두 제각각이었다.

그레이너가 물었다.

"또 다른 위장 거점입니까?"

다섯 명 전부 고개를 끄덕였다. 그러자 그레이너와 함께 있던 다른 선조들이 모습을 드러냈다. 수를 헤아리기 힘들 정도로 많은 선조들이 말이다.

─우리들도 나서야겠군.

─쳇, 귀찮게 됐어.

─난 쉽게 찾을 수 있을 거라 예상하지 않았지.

"부탁드립니다."

이윽고 다섯 명의 선조가 앞장을 섰고 다른 선조들이 그 뒤를 따랐다. 그 모습이 마치 너울거리는 바다처럼 거대해 의도치 않은 장관이 연출됐다.

이후 그레이너의 기다림은 시작되었다.

클레어의 소재는 쉽게 드러나지 않았다. 위장 거점을 비롯한 중간 거점이 수없이 많았기 때문이다. 보안에 상당히 신경 쓴다는 것을 느낄 수 있었다.

한데 그러는 와중 한 가지를 알 수 있었다. 클레어의 수하들이 듀페리얼 곳곳에 퍼져 있다는 것이다.

그것으로 보아 듀페리얼의 모든 정보가 클레어를 비롯한 스프링스턴가로 흘러가는 것을 짐작할 수 있었다.

오랜 시간 기다리자 선조들이 하나둘 돌아왔다.

그들에게서 돌아온 대답은 모두 한 가지였다.

—아니다.

대부분 더 이상 연결점이 없거나 클레어와 관련이 없다는 것을 확인한 것이다.

어느 정도 예상한 것이기에 그레이너는 그다지 실망하지 않았다.

그렇게 소득 없이 시간은 하염없이 흘러갔는데, 동이 틀 무렵 한 선조로부터 드디어 원하던 대답을 들을 수 있었다.

—유력한 장소를 찾았다.

"어딥니까?"

―황성이다.

그레이너의 눈이 살짝 커졌다.

"자세히 말씀해 주시지요."

―몇 놈을 거쳐서 중간 간부를 발견할 수 있었다. 그 중간 간부를 따라가 보니 간부들끼리 모이는 거점에 도착하더군. 거기서 서로 정보를 건네받은 후 각자 움직였지. 알고 보니 진짜 정보는 한 놈이 가져가고 나머지는 꼬리를 자르기 위한 트릭이더군. 결국 내가 선택한 중간 간부가 진짜였고 그 녀석은 상급 간부를 만나 정보를 건넸다. 그리고 마지막으로 따라간 그 상급 간부의 도착 지점이 바로 황성이었지.

상당히 치밀했다. 정보를 건네는 것 하나로 과하다 할 수도 있지만 황성과 관련이 있다면 당연한 조치였다.

"그 이후엔 어떻게 됐습니까? 다른 자에게 넘겼습니까? 아니면……."

―그자가 직접 황성으로 들어갔다. 따라가려 했지만 불가능하더군. 너하고 거리가 너무 멀어져서 영향력이 줄어들기도 했지만 황성 자체에 마법진이 설치되어 있어서 말이야.

"진입이 불가능할 정도입니까?"

―우리들만으로는 그래 보였다. 하나 네가 보호를 해준다면 충분히 가능할 것이다.

"그럼 황성으로 간 것만 알 뿐 어디로, 또는 누구에게 간 줄은 모르는 거군요."

―그것들은 모르지만 알아낼 방법은 있다. 황성으로 들어
가면서 신분을 밝히는 걸 들었으니까. 신분을 확인하면 누구
와 관련된 자인지 알 수 있겠지.

"이름이 뭡니까?"

―그로버 자작.


*　　　*　　　*


날이 밝자 그레이너는 그로버 자작에 대해 알아보기 시작
했다.

정보는 정보 상인을 통해 어렵지 않게 손에 넣을 수 있었
다.

그로버 자작은 영지를 소유하지 못한 평범한 문관 귀족이
었다. 현재 재무 관련 업무를 맡고 있는 인물로 서류상으로
봤을 땐 특별한 점이 전혀 없는 자였다.

하지만 그건 서류상일 뿐 숨겨진 뭔가가 있다는 걸 알고 있
는 그레이너는 내용을 유심히 살폈고, 원하는 것을 곧 찾을
수 있었다.

"파인즈 후작가였군."

그로버 자작은 파인즈 후작가와 가까운 사이였다. 즉 파인
즈 후작가를 섬기는 자였던 것이다.

또 다른 실마리에 그레이너는 파인즈 후작가에 대한 정보를 의뢰했고 역시나 받아볼 수 있었다.

파인즈 후작가는 노미디스 제국의 명문가 중 하나로, 유명한 군사 가문이었다. 군사 가문답게 대대로 유능한 군사들을 많이 배출했고 죽은 크리스토스 황제도 크게 신임했었다.

대단히 영향력 있는 가문임에는 확실했는데, 그로버 자작의 정보와 마찬가지로 역시나 클레어와의 연관성은 찾기 힘들었다. 오히려 스프링스턴 가문보다 더 관련성이 없다고 할 수 있을 정도였다.

그에 그레이너는 그로버 자작이 파인즈 후작가를 위해 무슨 일을 하는지 파헤쳤고, 한 가지를 찾아낼 수 있었다.

파인즈 후작가는 군사 가문이었기에 많은 인원이 전쟁터에 나가 있는 상황이었다. 그런데 그런 가문의 일원 중 눈에 띄는 자가 한 명 있었다.

데니아드 파인즈.

파인즈 가문의 현 가주는 스테판느 후작이었는데 그에게는 세 명의 아들이 있었다. 그중 차남이 바로 데니아드란 자였다.

데니아드 역시 능력 있는 군사로, 이미 결혼을 했는데 그 상대자가 무려 황녀였다.

명문가인만큼 황녀와의 혼인이 이상한 것은 아니지만 장남도 아닌 차남이 황녀와 결혼한 것은 조금 특별하다 할 수 있었다.

결혼 상대자이자 부인인 황녀는 그레타라는 여인으로, 크리스토스 황제의 세 번째 자식이었다.

그레타 황녀는 몸이 약하고 조용한 성격이라 대외적으로 모습을 잘 보이지 않는 것으로 알려져 있었다.

데니아드가 전쟁터에 나가 있는 상황이어서 그레타 황녀는 황성에 머물고 있었다. 안전이라는 명목 때문인데 그런 그녀에게 그로버 자작이 주기적으로 찾아갔다.

이유는 데니아드와 그레타 황녀의 가교 역할 때문.

전쟁으로 떨어져 있는 부부는 서신으로 안부를 묻고 있는 중이었는데 그것을 전해주는 역할이 그로버 자작이었던 것이다.

그레이너는 그레타 황녀가 클레어와 관련이 있다고 판단을 내렸다. 겉으로 보면 그로버 자작이 황성에서 만나는 사람 중에 하나일 뿐이지만 어쌔신으로서의 감이 그녀를 가리키고 있었다. 그리고 그건 선조들도 마찬가지였다.

결국 그레이너는 그레타 황녀를 목표로 움직였다.

황녀를 만나는 일이지만 그레이너는 어렵게 생각하지 않았다. 그는 서신과 함께 방문 요청을 넣었다. 황족을 만나기 위한 아주 기본적인 행동을 취한 것이다.

가장 기본적인 방법이지만 이것은 오랜 시간을 요구했다. 이런 방문 요청이 하루에도 수십 수백 건이 되는 데다 웬만한 신분이 아니면 거의 묵살이 됐기 때문이다. 또 요청이 받아들여진다 해도 몇 달 만에 겨우 승인이 될 정도였다.

하지만 그레이너는 오래 기다릴 필요가 없었다. 그가 보낸 방문 요청서엔 블랙 클라우드 어쌔신만이 볼 수 있는 숨은 암호가 있었기 때문이다. 그리고 거기에 블랙8인 자신의 존재를 흘렸다.

그러니 그것을 알아본다면 그를 즉시 찾지 않을 리가 없었다.

만약 찾지 않는다면 그레타 황녀는 예상과 달리 전혀 상관없는 사람으로 판명이 나는 것이다.

며칠 후가 되자 예상은 어긋나지 않았다.

황궁에서 사람이 찾아온 것이다.

"그레타 황녀님께서 방문을 허락하셨습니다."

CHAPTER **04**

그레타 황녀

죽은 자들의 왕

"마차에 오르시지요."

지내던 숙소를 나서자 마차가 대기하고 있었다. 그레이너는 말없이 마차에 탔고 마차는 즉시 움직이기 시작했다.

황녀가 보낸 것이라 그런지 마차는 굉장히 고급스럽고 넓었다. 또한 승차감 또한 아주 좋았지만 그레이너는 그런 것에 별로 신경을 쓰지 않았다.

그의 시선은 마차 안에 있는 인장을 향해 있었다.

마차에는 가문의 고유 인장이 있게 마련인데 이 마차에는 파인즈 가문의 인장이 박혀 있었다. 그 의미는 곧 마차가 파인즈 가문에서 왔다는 뜻이었다.

그레타 황녀가 파인즈 가문에 시집을 갔으니 이상할 것 없다 여길 수 있지만 조금만 생각해 보면 그렇지 않았다.

황녀는 현재 황성에 있었다. 그리고 그레이너는 그런 그녀에게 방문 요청을 했다. 그렇다면 황성에서 마차가 와야 하는데 황성이 아닌 파인즈 가문에서 온 것이니 이상하게 여겨질 수밖에 없는 것이다.

하지만 그레이너는 그 이유를 성문에서 알 수 있었다.

"파인즈 가문입니다. 그레타 황녀님을 뵈러 왔습니다."

"들어가시오."

성문에서 검문은 없었다. 다른 곳도 아닌 황성의 성문에서 검문을 하지 않는 건 거의 보기 힘든 일이었다.

그것을 가능하게 만든 것이 파인즈 가문의 마차였다. 그레타 황녀와 파인즈 가문의 관계를 알기 때문에 암묵적인 묵인이 이루어진 것이다.

그레타 황녀 쪽은 이것을 생각하고 파인즈 가문의 마차를 보냈을 것이 분명했다.

보이진 않지만 황성 여기저기엔 주시하는 시선이 있었다. 그 시선은 수많은 세력과 연결이 돼 있고 출입자들을 조사하는 건 기본이었다.

바로 그런 것을 감안하고 그레이너의 정체가 드러나지 않게 파인즈 가문의 마차를 이용한 것이다.

마차는 황성을 들어서서도 계속 달렸다. 그레이너는 다른 곳도 아닌 노미디스 제국의 황성에 들어왔음에도 커튼을 젖혀 바깥을 보지 않았다. 그레타 황녀가 그의 신분을 숨기려는 만큼 그도 동조하는 것이다.

그런 와중에 그레이너는 미미한 압박감을 느꼈다. 선조가 말한 마법진의 영향 때문이었다. 직접 느껴보니 확실히 마법진은 강력했다. 주체인 그레이너 없이 선조 혼자만으론 황성에 들어오지 못했을 거라는 게 느껴졌다.

얼마 후, 무려 한 시간 가까이를 달린 끝에 드디어 마차가 정지했다.

"내리시지요."

이윽고 쪽문을 통해 마부가 말했다.

그에 그레이너는 고개를 끄덕이고는 마차의 문을 열었다.

"어서 오십시오."

문을 열자 몇 명의 시녀가 대기하고 있었다.

그레이너가 마차에서 내리자 가운데 있던 중년의 시녀가 물었다.

"베르빅 님 되십니까?"

"예, 제가 상인 베르빅입니다."

방문 요청서를 올릴 때 그는 상인으로 위장했다. 때문에 다른 이들은 그를 상인으로 알고 있었고 지금 그의 모습 또한 상인의 모습이었다.

"황녀 마마께서 기다리고 계십니다. 따라오시지요."

중년의 시녀는 이내 궁 안쪽을 손으로 가리켰고 앞장을 섰다.

궁은 예상대로 컸고 경비 역시 철저했다. 가는 동안 몇 번이나 검사가 있었고 황녀의 방까지 도착하는 데만 삼십 분이 넘게 걸렸다.

가는 동안 둘러본 궁의 모습은 차분하고 고풍스러웠다. 아마도 이것이 그레타 황녀의 성격을 대변해 주지 않을까 싶었다.

잠시 후, 황녀의 처소에 도착하자 중년 시녀가 고했다.

"베르빅 상인이 도착했습니다."

그러자 안쪽에서 노회한 여인의 목소리가 들렸다.

"마마께서 들이라 하시네."

"예, 알겠습니다. 허락이 떨어졌습니다. 들어가시지요."

그레이너는 고개를 끄덕이고 안으로 들어갔다.

들어가자마자 그레이너의 시선에 들어온 건 단아하고 청순한 느낌의 한 여인이었다. 고급스런 드레스를 입고 의자에 앉아 있었는데 그녀가 바로 그레타 황녀 같았다.

황녀 곁에는 유모로 생각되는 늙은 시녀 한 명만이 곁에 있을 뿐이었다.

그레이너는 이내 황녀에게 예를 취했다.

"미천한 장사꾼이 고귀하신 그레타 황녀 마마께 인사를 올립니다. 신, 베르빅이라 하옵니다."

"반가워요."

그레타 황녀는 은은한 미소와 함께 인사를 받았다. 그 모습으로 봤을 땐 성품이 온화하고 부드러운 느낌이었다.

─평범한 여인이다.

─옆에 시녀 역시 평범한 여인이야.

─방 안에 다른 이는 느껴지지 않는다.

그때 그레이너와 선조들은 두 여인을 탐색했다.

그런데 그녀들은 예상과 달리 평범한 일반인이었다. 클레어와 관련이 있다면 특별한 뭔가가 보여야 했는데 전혀 그런 것이 없었다.

그레이너는 약간의 의아함을 느꼈지만 일단은 지켜보기로 했다.

"듣자 하니 테미실라 대륙을 오가는 상인이시라고? 특이하고 진귀한 것만 취급한다고 적었던데."

그레이너는 방문 요청서에 테미실라 대륙과 포이즌 우드 대륙을 오가며 거래를 하는 상인이라 소개했다. 그래서 희귀하고 진귀한 물건이 많음을 강조했는데 그것을 그레타 황녀가 거론한 것이다.

"예, 그러하옵니다, 마마."

"그럼 귀족 이상만 상대할 텐데 이름이 낯설군요."

"희귀한 것만 상대하다 보니 수량을 많이 취급하지 않습니다. 해서 소수의 분들만 상대를 했지요. 때문에 많이 알려지지 않았고 아는 분들만 알고 계십니다."

"음, 그럼 내겐 어떻게?"

"친구가 이곳 듀페리얼에서 장사를 하는데 제 물건을 보더니 마마님께 보여 드리는 게 어떠냐 제안을 했습니다. 그래서 이렇게 찾아 뵙게 된 것입니다."

"친구?"

"도퍼드 상회 주인 헤이워드입니다."

당연히 그레타 황녀는 그가 누군지 몰랐다. 대신 옆에 자리한 유모가 알고 있는 듯 가까이 다가가 귓속말로 무언가를 말했다.

도퍼드 상회는 파인즈 가문과 거래를 하는 상회 중 하나였다. 베르빅은 진짜 헤이워드의 친구였고 정말 희귀 물품을 취급하는 상인이었다.

그레이너는 이런 상황을 예상했고, 황녀에게 이야기한 것처럼 헤이워드를 만나고 온 상태였다. 당연히 이를 위해 실제 베르빅이 어떻게 됐는지는 말하지 않아도 누구나 예상 가능할 것이다.

유모에게 파인즈 가문과 거래를 하고 있는 상회라는 것을 들었는지 그레타 황녀가 고개를 끄덕였다.

"그렇군요. 그럼 오늘 그대가 취급한다는 희귀한 물건을 구경할 수 있을까요?"

"그렇습니다."

"기대가 되는군요. 그럼 어디."

황녀가 보여달라는 제스처를 취하자 그레이너는 가져온 보따리에서 몇 가지 물건을 꺼냈다.

"화장품이군요."

위장이라도 그레이너는 대충 하지 않았다. 그는 철저하게 준비를 했고 그중 화장품에 신경을 썼다. 화장품은 여인이라면 관심을 가지지 않을 수 없는 물건이기에 가장 무난하리라 예상한 것이다. 그리고 그 예상은 맞았다.

"이리로."

이내 늙은 시녀가 다가와 트레이에 화장품을 담았다.

그것을 그레타 황녀 앞에 가져다주자 황녀가 화장품들을 눈으로 훑었다.

"음, 테미실라 대륙의 화장품에 대해서 어느 정도 알고 있는데 모두 처음 보는 것들이군요."

"테미실라 대륙에서도 구하기 힘든 물건들입니다. 테미실라 대륙 북쪽에 위치한 아이스 엘프족에게서만 구할 수 있는 꽃과 식물로 만든 것이지요."

"오호, 아이스 엘프족이라."

황녀는 화장품 몇 가지를 직접 사용해 봤다. 그녀는 만족스러운 듯 미소를 지었다.

"향기도 좋고 색상도 마음에 드는군요."

"감사합니다, 마마."

그레이너는 겉으로 황송한 표정을 지으면서 더욱 주변을 관찰했다.

하지만 아무리 봐도 이상한 점이 전혀 없었다. 그레타 황녀와 유모는 정말 평범한 사람이었고 숨어 있는 자도 없었다. 혼란이 올 정도였다.

'그럼 블랙 클라우드의 암호를 보고 부른 것이 아니라 정말 상인 베르빅을 찾은 것이란 말인가?'

어떻게 보면 확률적으로 그게 더 높을지도 몰랐다.

그렇게 생각에 잠겨 있는 그때, 그레타 황녀가 화장품 하나를 들고는 그를 불렀다.

"이리 가까이 다가오세요. 화장품에 대한 자세한 설명을 듣고 싶네요. 이건 뭔가요? 색이 참 독특하군요. 붉은색인 듯하면서도 다홍색 같기도 하고. 이런 색의 가루는 처음 보는데."

그에 그레이너는 조심스럽다는 듯 황녀에게 다가가 그녀가 들고 있는 화장품을 설명했다.

"아, 예. 이것은 웰그렌이란 이름을 가진 꽃의 꽃잎으로 만든 입술연지 가루입니다. 버밀리온색인데 입술에 바르면 옅은 붉은색에 밝은 주황빛을 띠게 만들지요. 일정량의 가루를 한 방울의 물과 섞어 입술에 바르면 됩니다."

"유모."

황녀의 부름에 유모는 즉시 한쪽에 있는 물병을 가지고

왔다.

탁.

한데 그러던 중 그녀는 실수로 탁자 위에 있던 어린아이 크기의 새 목제 조각상을 건드리고 말았다.

그 조각상은 그대로 그레이너의 머리 위로 떨어져 내렸다.

"어머나!"

"조심해요."

"아이고, 이런!"

그레타 황녀와 유모가 그 모습에 놀라 경고했고, 그레이너도 겉으론 놀란 척했다.

하지만 속은 담담했고 그는 차분하게 팔을 들어 올려 조각상을 막아갔다.

그런데 순간,

"……!"

그레이너의 눈이 살짝 커졌다.

그는 급히 들어 올렸던 팔을 내렸다.

샤악.

갑자기 옷의 손목 부분이 일자로 잘렸다.

도대체 왜 그런 일이 일어났는지 알 수 없었지만 조각상에 닿기도 전에 벌어진 일이었다.

카캉!

그레이너의 다른 손에는 어느새 무언가가 들려 있었다.

시커먼 것이었는데 단검 모양이었다.

그것으로 조각상을 치자 쇳소리가 울렸다.

목제 조각상에서 쇳소리라니.

이해가 가지 않는 상황이었다.

하지만 그레이너의 얼굴에 의문은 없었다.

그레이너가 쳐 낸 조각상은 튕겨나가지 않고 다시 들이닥쳤다.

마치 살아 움직이듯이.

그레이너는 검을 들지 않은 왼손을 내밀었다.

그러자 그의 손에서 검은 기운이 생성되더니 동그란 구가 생겨났다.

이내 그레이너는 그것을 강하게 움켜쥐었다.

꽈득!

펑!

검은 기운이 터지더니 사방으로 흩어졌다.

마치 검은 물이 터진 것처럼 말이다.

"읍!"

그와 함께 누군가의 신음과 함께 방 안에 또 다른 자가 나타났다.

조각상에서였다.

조각상이 어느새 사라지고 사람이 나타난 것이었다.

그자는 자신의 모습이 드러난 것에 놀라는 반응을 보이더니 이내 싸늘한 눈빛을 보였다.

그러더니 다시 공격하려 했다.

그때 그레이너가 말했다.

"테스, 그만하지."

뚝!

그에 상대의 움직임이 멈췄다.

테스. 바로 블랙7의 이름이었다.

테스의 능력은 동화였다. 모든 사물과 동화할 수 있고 그로 인해 자신의 모습과 기척을 완전히 숨기거나 달리 보이게 할 수 있었다. 그 능력 때문에 조각상으로 동화한 테스를 전혀 인식하지 못한 것이다.

테스가 말했다.

"로젠블러가 보냈나?"

"……."

"그레이너라고 하면 우리가 속을 줄 알았나 보지?"

그 말에 그레이너의 눈빛이 살짝 변했다.

"이미 그레이너가 죽은 걸 알고 있다. 네놈이 무슨 의도로 이곳에 왔는지 모르겠지만 살아 나갈 순 없을 것이다."

솔직히 예상치 못했던 상황이었다.

로젠블러에게 당했을 당시 그레이너의 자아는 충격으로 심연 깊숙이 잠겨 있던 상태였다. 더불어 선조들은 신체를 다시 되돌리기 위해 내부에서 힘쓰는 중이었기에 외부의 상황을 전혀 알지 못했다.

결국 그레이너나 선조나 누군가 다시 돌아와 죽음을 확인한 것을 전혀 알지 못했던 것이다.

때문에 클레어 쪽에서 자신의 정체를 의심할 줄은 생각지 못한 그레이너였다.

그레이너는 손에 든 시커먼 검을 테스에게 내밀었다.

스르르륵!

검이 끝 부분부터 모래처럼 밑으로 흘러내렸다.

그리고 그것이 바닥에 닿자마자 그림자를 만들어내는 것이 아닌가.

"흥!"

그것을 보자 테스가 코웃음을 쳤다.

"그런다고 믿을 것 같나? 로젠블러가 그림자 군주 능력을 빼앗아간 것도 알고 있다."

자신이라는 증거로 그림자 능력을 보였지만 테스는 믿지 않았다.

그림자 군주 능력을 빼앗긴 것을 알고 있었기 때문이다.

슈우욱!

테스의 신형이 하얗게 변하더니 사라졌다.

동화 능력으로 모습과 기척을 감춘 것이다.

우우웅!

그웅!

그것을 보자마자 그레이너의 두 손에 시커먼 검이 두 자루 만들어졌다.

단검 때와 마찬가지였는데, 가만 보니 그림자를 이용하는 방법이 달라진 듯했다.

슈라라라락!

피이잉!

순간 방 안에 있던 집기들이 그레이너를 향해 날아갔다.

차차창!

까가가강!

나무, 천, 종이 등을 쳐 냈는데 금속음이 울렸다.

모습은 일반 집기지만 숨겨진 진짜 정체는 테스의 무기인 것이다.

그레이너는 막아내던 와중 갑자기 왼손에 있던 검을 한쪽으로 내던졌다.

펑!

순간 검이 터지더니 주변을 시커멓게 물들였다.

"익!"

그리고 거기에 동화되어 있던 테스가 있었다.

테스는 또다시 자신의 모습이 드러나자 눈빛이 굳어졌다.

하지만 그것은 아주 찰나의 순간이었고 그녀는 급히 검을 위로 들어 올렸다.

채앵!

그레이너가 공격을 한 것이다.

그레이너의 왼손엔 어느새 검이 들려 있었다.

몸통 전체가 시커먼 색으로 마치 그림자로 무기를 만든 듯했다.

떠더덩!

까강! 차차창!

"윽!"

테스는 다시 동화를 하려 했다.

하지만 그레이너가 끊임없는 공격으로 그것을 방해했다.

더불어 몸에 묻은 검은 물체가 더욱 끈끈해졌다.

'그림자 군주에 이런 힘이 있었던가? 그림자가 이 정도로 실체적이고 물리적인 힘을 가진 건 아니었던 거 같은데. 그림자 군주 능력을 받은 하수인이라 그런가?'

블랙7이었던 테스 역시 모르템의 일원이었기에 블랙8인 그레이너에 대해 조사를 했었다.

그림자 군주 능력이 어떤 힘을 가지고 있고 어떤 위력을 내뿜을 수 있는지 어느 정도 알고 있는 그녀였다. 한데 그녀가 알기로 그림자 군주 능력에 이런 것은 없었다.

그림자가 모래도 됐다가 연기도 됐다가 그것도 아니면 검이 됐다가.

실체적이고 물리적인 형체로 구현된다는 건 들어보지도 못한 일이었다.

그림자 군주 능력의 모든 것을 파악했던 것은 아니었기에 알지 못했던 다른 힘 중 하나라 여길 수도 있지만 왠지 그건 아닌 듯한 테스였다. 아니면 하수인이라 그럴지도 모른다 생각됐다.

"십오 년 전."

그때였다.

갑자기 그레이너가 말을 꺼냈다.

"마지막 시험. 올레프 모튼."

"……!"

테스의 눈이 살짝 커졌다.

동시에 그녀의 움직임이 멈추는 것이 아닌가.

"너, 진짜……."

테스의 눈빛이 흔들렸다.

그레이너가 말한 마지막 시험은 정식 어쌔신이 되기 위한 최종 관문을 말하는 것이었다.

당시 테스는 마지막 시험으로 그레그 모튼이란 자를 암살해야 했다. 그레그 모튼은 상당한 실력을 가진 마법사로 까다로운 암살 대상이었다.

테스는 결국 암살에 성공했지만 쉽지는 않았다. 그의 은신이 걸리면서 치열한 전투가 벌어졌던 것이다.

한데 그런 와중 생각지 못한 일이 벌어졌다. 소란 때문에 그레그의 동생인 올레프가 현장에 나타났던 것이다.

역시나 실력 있는 마법사였던 올레프는 형의 죽음에 분노했고 테스를 공격했다.

테스는 그레그와의 전투 때문에 부상을 당한 상태라 위기에 빠졌었는데 그때 나타나 그녀를 구해준 이가 바로 그레이너였다.

그레이너도 근처에서 마지막 시험이 있었고 그러던 와중 테스를 발견했던 것이다.

그레이너의 도움으로 올레프를 죽였지만 테스는 보고를 하지 않았다. 왜냐하면 올레프는 암살 대상이 아니었기 때문이다. 해서 올레프에 대한 건 오직 그레이너와 그녀만이 알고 있는 사실이었다.

"……."

테스는 한참 그레이너를 바라보더니 뒤에 물러나 있던 그레타 황녀와 유모를 향해 말했다.

"글렌."

"알겠습니다."

그러자 유모가 고개를 끄덕이고는 방을 나갔다.

얼마 있지 않아 몇 명의 인영이 안으로 들어왔다.

그중 눈에 띄는 사람이 한 명 있었다.

"오셨습니까."

그 사람을 향해 테스가 예를 취했다.

더불어 그레타 황녀까지.

너무나도 놀라운 일이었지만 진짜 경악할 만한 건 그것이
아니었다.

　진짜 놀라운 건 바로 그레타 황녀와 그 사람이 똑같은 얼굴
을 가졌다는 것이었다.

　그레이너의 시선이 그 여인에게 고정됐다.

　여인 역시 그레이너를 바라보고 있었다.

　"클레어?"

　그레이너가 물었다.

　그에 여인이 고개를 끄덕였다.

　"맞아. 나야."

　그리고 부드러운 미소와 함께 뒷말을 이었다.

　"노미디스 제국의 황녀로서 환영해, 그레이너."

CHAPTER **05**
숨겨진 사연

"어떻게 살아난 거지?"

그레이너와 클레어는 어느새 자리에 앉아 대화를 나누고 있었다. 테스는 클레어의 뒤에 시립한 상태였다.

클레어와 테스, 두 사람은 그레이너의 살아난 경위에 대해 묻는 중이었다.

"사지는 물론 목까지 완전히 잘려 나간 것을 확인했어. 한데 어떻게 그 상황에서 되살아날 수 있지?"

"그림자 군주 능력 때문이라고 하면 답이 되겠나?"

"그건 로젠블러에게 빼앗기지 않았나? 이상하군. 그럼 그때 로젠블러가 보인 능력은 뭐지?"

그레이너를 처리한 후 로젠블러는 그녀들을 쫓아왔고 거기서 그림자 군주 능력을 사용했었다.

해서 클레어 등은 그레이너가 죽은 것은 물론 능력까지 빼앗겼다는 걸 확신했다. 이후 그레이너의 시신을 발견했을 때 예상이 들어맞았다는 걸 알 수 있었다. 그런데 그게 아닌 듯한 그레이너의 대답에 머리가 복잡해지는 그녀들이었다.

"빼앗긴 게 맞다."

"맞다고? 그럼 그림자 군주 능력 때문이라는 말은 뭐지?"

"숨겨진 또 다른 힘이라고 해두지."

"또 다른 힘?"

"이 정도면 충분하다 생각되는데?"

즉 자신이 가진 힘을 다 알려줘야 하냐는 뜻이었다.

그 말에 클레어와 테스는 더 묻지 않기로 했다.

"좋아. 그런데 그게 뭔지는 모르겠지만 부럽군. 그 정도 상황에서 다시 살아날 수 있는 힘이라니."

"동감입니다."

그레이너의 시선은 멀찍이 물러서 있는 그레타 황녀를 향했다.

"대역인가?"

클레어가 답했다.

"그래."

"조사를 하면서 설마 했는데 진짜였군."

"놀라워?"

"아니라곤 말 못 하겠군."

"그러겠지. 제국의 황녀가 어쎄신이라니. 상상도 할 수 없는 일이니까."

"……"

"그러고 보면 너도 대단하군. 누구도 내 진짜 신분을 알아내지 못했는데. 무슨 방법을 쓴 거지?"

"그냥 운이 좋아서라고 해두지."

"운이라. 영업 비밀이라 이거군. 좋아, 이해하지. 그건 그렇고, 이제 말해보는 게 어때? 왜 날 찾은 거지? 설마 내가 생각하는 그건 아니겠지?"

"네가 생각하는 게 맞아. 난 로젠블러의 소재를 알고 싶어서 널 찾아왔다."

"음."

클레어의 표정이 의아하게 변했다.

"이해가 가지 않는군. 네가 왜 로젠블러를 찾는 거지? 로젠블러에게 당해 능력까지 빼앗기고 겨우 목숨을 건졌으면 오히려 몰래 숨어야 하는 것 아닌가?"

"설마 능력을 빼앗겼다고 복수를 하려는 건 아니겠지?"

테스도 의문인지 클레어에 이어 물었다.

이들은 데미안의 존재를 모르기에 그레이너의 행동을 이해할 수가 없었다. 데미안에 대해 이야기하면 간단하게 수긍

시킬 수 있었지만 그레이너는 그럴 생각이 없었다.

"그를 만나야 할 사정이 있다."

"그 사정을 말해줄 수는 없나 보군."

그레이너는 고개를 끄덕였다.

클레어가 물었다.

"그런데 로젠블러의 소재를 왜 내가 알고 있을 거라 보는 거지? 알다시피 너나 나나 이미 그자와는 관련이 없잖아."

"서로 아는데 쓸데없는 심력 소모는 하지 말자고, 클레어. 네가 로젠블러를 쫓고 있는 걸 알고 있어."

"……."

"로젠블러가 뭘 꾸미는 거지? 저번에 말하는 걸 보니 로젠 블러가 하려는 일이 이 세상에 영향을 미치는 것이라 했는데. 혹 너희가 블랙 클라우드를 멸망시킨 것과 관련이 있는 건 가?"

그 물음에 클레어와 테스의 표정이 살짝 바뀌었다.

"알고 있었나?"

"어느 정도 예상은 하고 있었지. 네가 황녀라는 걸 알았을 때 확신을 했고."

클레어는 잠시 생각을 하는 것 같더니 테스를 바라봤다.

테스는 그녀의 시선에 역시나 고민을 하더니 이윽고 고개 를 끄덕였다.

그에 클레어의 시선이 다시 그레이너를 향했다.

"좋아. 그 이유를 말해주지. 대신 좀 긴 이야기가 될 거야."

"난 들을 준비가 되어 있어."

딱!

테스가 한쪽에 시립하고 있던 클레어의 대역과 유모에게 손가락을 튕겼다. 그게 무엇을 뜻하는지를 아는지 두 사람은 예를 올리곤 방을 나갔다.

그녀들이 사라지자 클레어가 말을 이었다.

"내겐 오라버니가 한 명 있어. 너도 알 거야. 베르나디크 황태자라고. 아, 이제는 다르게 불러야겠군. 황제 폐하라고 말이야."

베르나디크 황제.

이전 황제인 크리스토스가 로젠블러에게 죽임을 당한 후 황위를 물려받은 자였다.

크리스토스 황제의 여러 부인 중 정실이었던 브리안느 황후의 첫째 아들로, 차가운 성정과 강한 카리스마로 황태자 때부터 유명한 인물이었다.

"잘 알고 있다."

"돌아가신 어마마마께서는 오라버니를 황제로 만들고 싶어 하셨어. 황제의 첫째 아들이니 가장 유력한 후보였지만 마음을 놓지 못하셨지. 유력한 만큼 많은 견제와 압박이 뒤따르지 않을 수 없었고, 그로 인해 미래가 어떻게 흘러갈지 알 수 없었으니까."

"음."

"중요한 건 오라버니였어. 오라버니는 어렸을 때부터 황좌에 대한 욕심과 갈망, 욕망이 엄청났어. 어마마마의 기대에 부흥할 만큼 컸지."

순간 클레어가 질문 아닌 질문을 했다.

"저번에 아비게일 후작과 함께 있었으니 아즈라 왕국의 왕위 다툼에 대해 잘 알고 있겠지? 그 왕위 다툼. 황녀인 내가 봤을 땐 어떤 느낌일 거 같아?"

"……."

"어린애 장난으로 느껴졌어. 제국이 왕국보다 월등한 건 땅 크기나 인구 차이만이 아니야. 모든 것에서 차이가 나고 황위 문제도 마찬가지지. 더 치열하고 더 소름끼치고 더 잔인하지. 황위를 차지하기 위해선 상상도 못 할 일이 당연하게 벌어지고 그 싸움에서 이긴 자만이 황좌에 앉을 수 있는 거야."

그레이너는 반박하지 않았다. 그가 가늠해 봐도 그녀의 생각이 틀렸다 보지 않기 때문이다.

"그런 세상에 살고 있는 오라버니였기에 자신이 황제가 되기 위해서 무엇이 필요한지 생각했어. 여러 가지가 있었지만 대부분 조력을 받으면 어렵지 않은 것이었지. 한데 그중 조력으로도 불가능한 것이 한 가지 있었어. 그게 뭔지 예상할 수 있겠어?"

"글쎄."

"바로 호위야."

"호위?"

그레이너의 표정이 살짝 변했다.

"그래, 뭐 그렇게 의아해할 필요는 없어. 내가 말하는 호위는 보이는 호위가 아니라 보이지 않는 호위를 말하는 것이니까."

"……."

"제국의 병력은 최고 수준이고 보이는 적은 아무런 문제가 되지 않아. 하지만 보이지 않는 적, 어쌔신은 아니지. 어쌔신은 아무리 수많은 병력이 호위를 하고 있어도 조금의 방심을 뚫고 숨통을 끊을 수가 있기에 오라버니는 그것을 걱정하지 않을 수 없었어. 대단하지? 어린아이 주제에 그런 것까지 생각을 하고 말이야."

그레이너는 부정하지 않았다.

"오라버니는 그에 한 가지 계획을 세웠어. 바로 자신을 지켜줄 어쌔신 집단을 만드는 거지."

그 말에 그레이너가 뭔가 알겠다는 표정을 지었다.

"오라버니는 어쌔신의 효용성을 높이 봤어. 자신의 호위뿐 아니라 정보활동, 요인 암살, 공작 활동까지 많은 곳에서 자신을 도울 거라 예상했지. 그리고 그건 어쌔신의 장점을 정확하게 꿰뚫어 본 거고."

"음."

"한데 그런 어쌔신 집단을 만들려면 한 가지 문제가 있었어. 아이러니하게도 자신을 호위하게 될 어쌔신을 믿을 수가 없는 거야. 어느 나라도 어쌔신을 직접 키우진 않아. 원래 존재하던 어쌔신 길드나 집단을 회유하거나 의뢰를 하는 경우는 있어도 말이지. 그런데 그런 이들은 애초에 충성심이 없기 때문에 언제 돌아설지 알 수가 없어. 자신의 검이라 생각했던 자들이 언제 방향을 바꿔 찌를지 모른다는 거지."

"충분히 가능한 일이다."

"해서 오라버니는 고심 끝에 어떤 계획을 세웠고 한 사람을 찾아갔어. 그게 누군지 알아?"

그레이너의 시선이 클레어에게 고정됐다.

클레어는 그것이 무얼 뜻하는지 알기에 고개를 끄덕였다.

"맞아. 바로 나야."

클레어는 차로 입을 축이며 잠시 이야기를 멈췄다. 그리고는 다시 말을 이었다.

"오라버니는 날 찾아와 방금 했던 이야기를 모두 들려줬어. 왜 어쌔신이 필요하고 중요한지 말이야. 나 역시 어린 나이였지만 오라버니의 말에 동감했어. 분명 일리가 있고 어쌔신 집단을 만든다면 오라버니에게 큰 힘이 될 거라는 걸 알 수 있었지."

"오라비 못지않았군. 그걸 이해할 정도면."

"멍청하지는 않았으니까. 하여튼 그때 오라버니가 말하더군. 어쎄신 집단을 맡아달라고."

"가족이라. 똑똑한 선택을 했군."

"맞아. 가장 믿을 수 있는 건 역시 가족밖에 없지. 여러 배다른 형제들과 달리 나와 오라버니는 친혈육이야. 오라버니가 이 세상에서 가장 믿을 수 있는 사람이 바로 나였던 거지."

"그걸 받아들인 거군. 어린 나이에."

"오라버니가 조건을 걸었거든."

"조건?"

"그래, 거부할 수 없는 조건."

황녀가 거부할 수 없는 조건.

그레이너가 생각해 봤지만 그런 건 없었다. 태어나면서부터 모든 것을 가지고 있는 그녀에게 거부할 수 없는 조건이란 게 존재한다는 것이 신기할 정도였다.

"그게 뭐지?"

클레어가 은은한 미소를 지었다. 그리고는 말했다.

"자유."

"……"

"최상위 신분에 돈과 명예, 권력까지 누구나 부러워하는 대부분의 것을 가지고 태어났어. 모든 이가 선망의 대상으로 바라보는 걸 어렸을 때부터 느낄 수 있었지. 하지만 그 많은 것들이 내겐 의미가 없었어. 바로 어마마마 때문에."

"어머니?"

"그래, 내 여덟 살 생일이 되는 날 어마마마께서 돌아가셨어. 정확히 말하자면 자살하셨지."

그레이너의 눈빛이 살짝 꿈틀거렸다.

"어마마마는 황후였어. 지위로 치면 황제와 더불어 최고의 신분인 거지. 하지만 그런 신분임에도 항상 우울하고 쓸쓸해 하셨어. 원치 않는 자유롭지 못한 삶을 사는 것에 항상 슬퍼 하셨지. 너도 알잖아. 귀족가의 여인이 어떤 삶을 살게 되는 지 말이야. 대부분은 귀족가의 여인으로서 자신의 운명을 받아들이지만 어머니는 받아들이지 못한 거지."

당연히 잘 알고 있었다. 어렸을 때는 귀족으로서 갖춰야 할 교양과 품위를 위해 하루하루를 소비해야 하고, 커서는 정략 결혼으로 가문의 보탬이 되어야 했다. 평생 자신의 의지가 아닌 가문과 귀족이라는 신분에 매여 살아야 하는 것이다.

"어마마마는 자주 내게 자신의 삶을 한탄하셨어. 아마도 남자이자 황제가 될 오라버니보다는 같은 삶을 살게 될 여자인 내가 걱정돼서 그러셨던 거겠지. 그게 내게 영향을 미쳤어. 어린 나이였기에 어마마마의 사상은 머릿속 깊숙이 파고들어 자리를 잡았지."

"……."

"그러던 와중 어마마마께서 자살을 하셨어. 이유는 아바마마였지. 정략결혼이라 두 분에게 애정은 없었고 아바마마의 시선은 항상 다른 곳을 향해 있었어. 그게 어마마마를 힘들게 했지. 어마마마 역시 애정은 없었지만 이곳에서 기댈 사람은 아바마마뿐인데 그런 아바마마께서 관심을 주지 않으시니 좌절감을 느끼셨어. 날이 갈수록 그런 감정은 더해졌고 결국 어느 날 술을 드시고 충동적으로 자살을 하신 거야. 그럼으로 해서 아바마마의 관심을 받을 수 있을 테니까."

클레어의 얼굴에 쓸쓸함이 보였다. 어린 시절의 아픔이 지금도 사라지지 않고 남아 있는 듯했다.

"그 일로 난 두려움을 가지게 됐어. 나 역시 어마마마와 같은 삶을 살 거라는 것에 무섭기까지 했지. 평생 새장 속에 갇힌 새처럼, 온실에 갇힌 꽃처럼 말이야. 공포에 잠도 제대로 자지 못할 정도였지."

"······."

"오라버니가 나의 그런 생각을 알고 조건을 건 거야. 내겐 그럼 삶을 살지 않게 하겠다고, 자유를 주겠다고 말이야."

갑자기 클레어의 한쪽 입꼬리가 올라갔다.

"처음엔 화가 났어. 왜 동생인 내게 그런 조건을 거는 걸까? 오라버니로서 상처받은 동생을 위해 당연히 해줘야 하는 것이 아닌가 하고 말이지."

"······."

"하지만 뒤에 가서 알았어. 오라버니는 명분을 주었다는 걸. 내게 자유를 얻을 수 있는 명분을 줘서 누구도 막지 못하게 한 것이란 걸. 그래서 어마마마와 같은 삶은 살지 않게 하려 했다는 걸 말이야."

이내 다른 쪽 입꼬리가 올라가면서 미소가 만들어졌다. 부드러운 웃음이었다.

"내 승낙 후 외가인 스프링스턴가의 도움을 받아 일이 진행되었어. 어쌔신으로 키울 아이들을 선별하며 최고의 어쌔신 단체를 찾았지. 어쌔신 집단을 만드는 것인만큼 최고의 실력자들로 키워야 했으니까. 당연히 찾아낸 곳은 블랙 클라우드였고 스프링스턴가의 주도로 선별된 아이들이 속속 침투하기 시작했어."

왜 스프링스턴가와 연관이 있나 했더니 황제와 그녀의 외가였던 것이다. 그제야 그레이너는 지금까지의 상황을 이해할 수 있었다.

"내가 그중 하나지."

그때 테스가 말했다.

클레어도 고개를 끄덕였다.

"맞아. 테스, 코노발 등 많은 아이들이 우연인 것처럼 블랙 클라우드의 눈에 띄어 침투를 했어. 그리고 나도 말이지."

"용케 살아남았군."

"오라버니와 외가에서 그냥 보냈을 리가 없잖아. 살아남을 수 있게 여러 가지 준비를 해줬지. 그래도 걱정하지 않을 수 없었지만 말이야."

"그랬겠지."

"그래도 힘들었어. 온실 속에 살던 내가 하루아침에 살기가 넘치는 지옥 밑바닥에서 지내게 되었으니 힘들지 않을 수가 없었지. 솔직히 어마마마와 같은 삶이 나쁘지 않다 생각될 정도였어. 섣부른 선택이라 여기며 후회까지 했었지."

왜 그렇지 않겠는가. 황녀로서 모든 이의 떠받침 속에 살아왔던 그녀인데. 오히려 그런 생각을 하지 않는 게 이상한 것이었다.

"하지만 그런 생각도 시간이 지나면서 서서히 사라지더군. 인간은 적응의 동물인지라 익숙해지기 시작한 거지. 거기다 의외로 내게 재능이 있었어. 사람을 죽이는 데 너무 거리낌이 없어서 내 자신이 놀랄 정도였지."

황족이란 수많은 목숨 위에서 만들어진 신분이었다. 그 피가 어디 가지 않는 것이다.

"더불어 강해지는 내 모습에 희열을 느꼈어. 황녀였다면 절대 느껴보지 못할 그런 힘이었지. 때문에 난 더욱 노력했고 결국 모르템 중 한 명이었던 스승님의 선택을 받게 될 수 있었던 거지."

이내 클레어는 다시 차를 마시며 입을 축였다. 자신의 살아온 생을 이야기할 거라곤 생각지 못했지만 의외로 홀가분한 기분이 드는 그녀였다.

그리고 드디어 그레이너의 질문에 대한 본론이 나오는 때라 클레어의 표정이 진지해졌다.

"그런데 스승님의 제자가 된 이후 중요한 몇 가지 이야기를 듣게 되었는데 그중 마스터 로젠블러에 대한 것이 있었어. 스승님은 블랙 클라우드의 어쌔신이었지만 로젠블러를 경계했어. 블랙1과의 대립 관계는 스승님 때부터 이어지고 있었는데, 그걸 떠나 무언가를 꾸미고 있다 생각하신 거지."

"……."

"아마도 대립 관계이기 때문에 더 경계했고 그 때문에 징후를 느끼신 건지도 몰라. 스승님이 돌아가신 후 내가 블랙2가 되었고 그때부터 우리 쪽 세력을 이끌게 되었지. 스승님과 달리 나의 세력 싸움은 조금 더 수월했어. 같이 침투한 아이들이 어느덧 성인이 되어 자리를 잡은 상태였으니까. 그들 모두가 내 힘이 된 거지. 난 그걸 이용해 블랙1을 압박했고 세력 판도에서 유리한 고지에 가까워져 갔지. 그러던 어느 날 중요한 정보가 들어왔어."

순간 클레어의 눈빛이 변했다.

"바로 로젠블러가 서국 연합의 군주들을 죽이려 한다는 첩보였지."

"서국 연합의 군주들을?"

그레이너의 표정이 의아하게 변했다. 상당히 의외였기 때문이다.

"그래, 나 역시 처음엔 똑같은 반응이었어. 알다시피 어쌔신은 특별한 경우가 아닌 한 군주를 죽이진 않아. 의뢰가 들어온다 해도 대부분 거부하지. 그 이유는 알다시피 가능성도 희박한 데다 성공한다 해도 비밀 유지를 위해 죽임을 당하거나 정치적으로 이용만 당할 뿐이니까."

그레이너는 고개를 끄덕였다.

"그런데 로젠블러는 한 명도 아닌 서국 연합의 모든 군주를 죽일 계획이라는 거야. 그중의 한 명이 아버지인 나로서는 그냥 두고 넘길 수 없는 첩보인 거지. 그에 난 더 자세히 알아봤지만 더 이상 건진 건 없었어. 서국 연합 귀족들의 반란이라느니, 아니면 마왕이나 마신 소환이라느니 같은 터무니없는 내용들뿐이었지."

'마왕과 마신?'

마왕과 마신을 거론한 부분에서 그레이너는 속으로 살짝 갸웃거렸지만 클레어의 말대로 터무니없는 내용이라 이내 흘려 버렸다.

"그냥 두고 볼 수 없었겠군."

"맞아. 다른 일도 아니고 제국과 관련된 일이니 그냥 있을 수 없었지. 고민 끝에 오라버니에게 조언을 구했어. 아무래도 블랙 클라우드 내부에 있는 나보다는 바깥에 있는 오라버니가 더 움직이기 편하고 일을 처리하는 데도 문제가 없을 테니까. 소식을 들은 오라버니는 얼마 후 단 한 단어로 답변을 주더군."

그레이너가 알겠다는 듯 단어를 말했다.

"멸망."

"맞아. 멸망이었어. 오라버니는 확실한지 아닌지는 상관없다고 본 거야. 진짜든 아니든 그런 징후가 있다면 애초에 싹을 잘라 버려야 한다고 판단한 거지. 그에 오라버니는 자신이 입수한 정보라 속이고 아바마마께 상황을 이야기했고 아바마마는 서국 연합 전체에 소식을 전했어."

"그 때문에 서국 연합 전체가 나섰던 거군."

"그래, 다른 곳도 아니고 최고의 어쌔신 단체라는 블랙 클라우드에서 서국 연합 군주 모두를 살해하려는 의도가 있다 하니 가만히 있을 수 없었던 거지. 그에 난 연합군이 내부로 들어올 수 있는 길을 열어주었고 기관 장치와 함정에 관한 것도 모두 알려줬어. 그 덕분에 서국 연합이 수월하게 블랙 클라우드를 멸망시킬 수 있었던 거지."

이것이 블랙 클라우드가 멸망한 전말이었다.

들어보면 사실 대단한 이유가 아니었다. 불확실한 하나의 정보로 인해 천 년 넘게 이어오던 길드 하나가 멸망을 한 것이다.

"대외적으로 블랙 클라우드를 공격한 이유를 말하지 않은 건 동국 연합 때문이겠군. 의뢰를 했다면 가장 유력한 곳이 동국 연합일 테니."

"아마도 그럴 거야. 그들이 의뢰를 했다는 증거를 잡으려면 우리 또한 의도를 숨겨야 되니까. 그런데 중요한 건 블랙 클라우드를 멸망시키면서 진짜 중요한 핵심 인물들은 하나도 잡지 못했다는 거야. 그래서 나는 이후에도 계속 로젠블러 등을 쫓았고 그들이 뭘 노리는지 알아내려 했어. 군주들을 죽이려 했을 땐 뭔가 더 커다란 이유가 있었을 테니까."

"……."

"다행히 소득은 있었지. 그들은 어떤 물건 하나를 찾고 있었어. 그게 뭔지는 모르지만 대단히 중요한 것이었고 이 세상에 영향을 미칠 정도의 물건이라는 걸 알게 되었지. 그걸 알자 나는 더욱 그들을 파악하려 노력했고, 결국 최근 로젠블러가 원하던 것을 손에 넣었다는 걸 알게 됐어."

'설마…….'

순간 그레이너의 뇌리에 스치는 것이 있었다.

데미안과 함께 납치되었던 안드레아 황녀.

로젠블러는 그녀를 빼앗기지 않으려 상당히 신경 쓰지 않았던가.

그레이너의 예상은 정확했다.

이어진 클레어의 이야기가 그 증거였다.

"그건 물건이 아니라 사람이었어. 바로 시어스 제국의 안드레아 황녀. 그녀가 로젠블러가 원하던 물건의 정체였고 결국 손에 넣고 만 거지."

"……."

"그 소식을 접하자마자 난 모든 어쌔신을 동원해 로젠블러를 쫓았고 그래서 그때 너와 만나게 된 것이었어. 결국 로젠블러에게 패퇴하고 물러나게 되긴 했지만."

"안드레아 황녀는 어떻게 됐지?"

"빼앗을 수 없었어. 무리하게 가로채려다 병력의 손실만 입고 말았지."

"그럼 로젠블러의 소재에 대한 건……."

"그 이후 완전히 흔적이 사라지는 바람에 놓치고 말았어. 이젠 꼬리조차 찾을 수 없게 됐다. 그나마 이어져 있던 연결고리까지 모두 끊어지고 만 거야."

"……."

그레이너의 표정이 좋지 못했다.

결국 클레어도 로젠블러의 소재를 모른다는 것 아닌가. 더구나 안드레아 황녀가 가지고 있는 그것이 정확히 세상에 어떤 영향을 미치는지도.

클레어는 알고 있을 거라 생각했던 그레이너 입장에선 대단히 실망스러운 결과였다.

그레이너가 물었다.

"찾고 있는 중인 건가?"

"그러고는 있어. 하지만 큰 기대는 하지 않는 중이야. 소수만 동원된 상태라."

"소수라고? 이유가 뭐지?"

"전쟁 중이니까. 황제 폐하의 명에 따라 대부분의 전력이 전쟁터에 투입된 상태야. 때문에 로젠블러를 찾을 전력이 없는 거지."

"이해가 되지 않는군. 지금은 전쟁보다 로젠블러가 더 중요한 것 아닌가? 그리고 군주들을 죽인 게 로젠블러라는 걸 알잖아. 그런데 왜 로젠블러가 아닌 동국 연합과의 전쟁에 더 신경을 쓰는 거지?"

"원하던 일이니까."

클레어의 얼굴에 씁쓸한 감정이 떠올랐다.

"오라버니도 알고 있어. 아바마마를 죽인 진짜 범인은 로젠블러라는 걸. 당연히 복수도 생각하고 있지. 하지만 오라버니에게 우선순위는 복수가 아니야. 오라버니가 원하는 건 대륙 통일이지."

"......"

"오라버니는 능력만큼이나 욕심이 많은 사람이야. 어린 시절부터 자신의 대에서 대륙을 통일하길 원했어. 그런 꿈을 가지고 있던 오라버니에게 이번 사건은 기회였고, 때문에 진실을 알면서도 숨기고 있는 거야."

"결국 자신의 꿈이 아버지의 복수보다 먼저라는 거군."

"냉정해 보이겠지만 오라버닌 자신의 판단이 틀리지 않다고 보고 있어. 복수에 대한 기회는 언제든 있겠지만 대륙 통일의 기회는 지금밖에 없다 여기니까."

"넌 알 텐데. 복수의 기회도 지금뿐이라는 걸. 로젠블러라는 사람에게서 얻어낼 수 있는 기회는 거의 없다시피 하니까."

"……."

클레어는 아무런 대답도 하지 않았다. 대신 눈으로 무언가를 말하고 있었다.

그레이너는 그걸 읽을 수 있었다.

클레어가 마음과 다른 말을 했다는 걸.

모르템의 일원이었고 로젠블러를 상대했던 만큼 그녀는 잘 알고 있었다. 로젠블러가 얼마나 무서운 인물이란 걸.

아마도 그녀는 오라비인 베르나디크 황제에게 로젠블러에 대해 이야기를 했을 것이다. 엄청난 능력을 가진 자이고 조심해야 할 인물이라고. 세상에 진실을 알려 전쟁을 멈추고 로젠블러를 죽여야 한다고 말이다. 그렇지 않으면 군주들을 죽인 일보다 더 한 일을 벌일지 모른다고.

하지만 베르나디크 황제는 그것을 받아들이지 않았을 것이다.

왜냐하면 이미 그녀가 말했듯이 자신의 꿈을 이룰 기회이며 역사에 이름을 남길 절호의 호기니까.

그에 클레어는 혼자서라도 나서려 했을 것이다.

그러나 베르나디크 황제가 부탁했으리라.

클레어의 어쌔신들은 강력하고, 그런 어쌔신이 황제는 전쟁 중에 필요하다고.

결국 클레어는 황제의 뜻을 따라줄 수밖에 없었고 그레이너에게 변명 아닌 변명을 하게 된 것이다.

"실망했어?"

"글쎄."

"이제 어떻게 할 거지?"

"다른 방법을 찾아야지."

"생각해 놓은 게 있나 보군."

한 가지 남은 게 있기는 했다. 하지만 그다지 원하는 것은 아니었다.

그레이너는 이내 자리에서 일어났다.

"그만 가보는 게 좋겠군. 가기 전에 부탁 하나 해도 될까?"

"말해봐."

"혹시 로젠블러의 소재를 알게 되면 전해줄 수 있을까?"

"그거야 어렵지 않지. 한데 어디로 갈 거지? 알아야 소식을 전해주지 않겠어?"

"다시 돌아올 생각이야. 그때 보자고."

"알겠어."

그레이너는 이내 장사꾼의 모습으로 안내를 받아 황성을 빠져나왔다.

그런 후 어딘가로 향했다.

원치 않는 누군가를 만나기 위해.

CHAPTER **06**
치밀한 작전

## 죽은자들의왕

와아아아아아!

"후퇴하지 마라! 맞서 싸워! 간악한 아즈라 놈들을 죽이란
말이야!"

"밀어붙여라! 네바로 왕국 놈들은 단 한 놈도 살려둬선 안
된다!"

아비게일 후작의 아즈라 왕국군과 네바로 왕국군의 전쟁
이 펼쳐지고 있는 브레이네르 평야 지대.

그곳은 현재 급박한 전투가 펼쳐지고 있었다.

지지부진한 전투가 흘러가던 와중 며칠 전부터 전장에 변
화가 생기기 시작했다.

병력의 차이로 조금씩 손해를 보던 아즈라 쪽이 서서히 약간의 이득을 보기 시작한 것이다.

그 이유는 새롭게 충원된 지원군 때문.

힘겹게 버티던 아즈라군에 드디어 지원군이 도착했다. 더불어 병력의 수가 늘어나면서 이전보다 수월하게 네바로 왕국군을 상대하게 되었고 그 때문에 전투에서 이득을 보기 시작한 것이다.

전투가 시작된 이래 처음으로 승기를 잡자 아비게일은 이때를 놓치면 안 된다 여겼다.

전장의 흐름이란 게 또 언제 어떻게 변할지 모르는 것이었기에 이번에 결판을 내야 한다고 판단한 것이다.

그에 아비게일은 작전 회의 끝에 하나의 작전을 수립했고 그것을 오늘 실행에 옮겼다.

바로 기만 작전.

전쟁을 끝내는 데 여러 가지 방법이 있지만 가장 간단한 것은 하나였다.

우두머리를 치는 것.

상대의 대장을 죽인다면 지휘 체계는 무너지고 전쟁에서 승리할 수 있다.

하지만 당연히 그건 너무나도 어려운 일이었다.

우두머리가 중요하다는 건 누구나 아는 사실이고 중요한 만큼 정예 병력이 집결돼 있기 때문이다.

아비게일은 그 병력을 기만 작전으로 뚫고 들어가 네바로 왕국군의 총사령관을 죽일 계획을 짠 것이다.

기만 작전은 바로 기사들을 병사로 위장시키는 것을 뜻했다.

다른 부대의 기사들을 끌어모아 자신이 이끄는 부대의 병사로 위장시킨 다음 상대의 대장 병력을 공격할 생각을 한 것이다.

작전은 성공적이었다.

네바로 왕국군의 총사령관인 배질 백작은 크게 당황했다.

병사로 위장한 기사들의 힘이 너무나 강력해 순식간에 큰 피해를 입은 것이다.

"이, 이놈들은 일반 병사가 아니다!"

"기사다! 기사들이 병사로 위장한 거야!"

네바로군은 금세 알아차렸다.

당연했다. 실력에서 너무나 차이가 나니 그럴 수밖에 없었다.

거기다 병사가 오러를 일으켜 들이닥치니 모를 리가 없는 것이다.

"마, 막아! 막으란 말이다! 기사들은 병사들 대신 앞으로 나서라! 저들을 막아라!"

배질 백작은 급히 기사들을 나서게 했다.

기사들이 속히 달려 나갔다.

"이놈들… 크악!"

"어, 어, 으악!"

그런데 나서는 와중 갑자기 기사들의 표정이 사색이 되었다.

아즈라군의 위장 기사들 사이에서 일련의 기마가 쏟아져 나오더니 네바로군 사이를 가르며 돌진해 왔기 때문이다.

기마는 파고들자마자 나서던 기사들을 즉시 도륙하기 시작했다.

우우웅!

슈라라라락!

"오, 오러 블레이드!"

"아비게일 후작이다!"

기마의 정체는 아비게일 후작과 그녀의 기사단.

그녀는 네바로군이 당황하는 순간을 놓치지 않고 바로 움직인 것이다.

효과는 치명적이었다.

위장 기사들에 놀란 것도 모자라 전투가 시작되자마자 아비게일이 직접 최전선에 나타났으니 네바로 왕국군은 더욱 혼란에 빠지지 않을 수 없었다.

두두두두두!

슈각! 샤라락!

"끄어억!"

"아아악!"

아비게일 후작을 선두로 기사단은 네바로 병력을 가르며 빠르게 파고들었다.

그 모습이 마치 바다를 헤치며 파도를 갈라 버리는 거대 함선 같았다.

네바로 왕국군의 병력이 죽거나 밀려나며 자신들의 우두머리가 있는 방향을 향해 길을 내주고 있었다.

'좋다! 이대로 간다!'

아비게일은 선두에서 길을 만들며 속으로 외쳤다.

그녀는 전투를 오래 끌 생각이 없었다.

아니, 오래 끌어선 안 되는 전투였다.

기만 작전은 효과적이지만 커다란 문제가 있었다.

바로 타 아군 부대의 전력 약화였다.

현재 주변의 다른 부대도 전투 중이었는데 기사의 수가 현저히 줄어든 상태였다.

기만 작전을 위해 기사들이 차출된 만큼 다른 부대는 전력이 약화된 것이다.

그런 상태에서 전투가 길어진다면 어떻게 되겠는가?

당연히 어려운 상황에 처할 수밖에 없었다.

비등비등한 상태에서 전력을 뺐으니 이전과 같은 전투를 치를 수 있을 리가 없는 것이다.

때문에 빠른 시간 내에 배질 백작을 처리해야 했고, 그래야 아군의 피해를 줄일 수 있었다.

그 기회가 혼란이 사라지지 않은 바로 지금, 전투가 시작된 이때인 것이다.

두두두두두!

아비게일과 기사들은 빠르게 네바로군의 총사령관 깃발이 있는 곳으로 달려갔다.

거리가 가까워진 만큼 아비게일의 눈에 고함과 함께 이리저리 명령을 내리고 있는 배질 백작의 모습이 보였다.

백작의 얼굴엔 당혹스러움이 가득했다.

이런 상황은 전혀 생각지 못한 것이다.

"비켜라! 길을 열어라!"

그때 멀리서 고함 소리와 함께 다가오는 또 다른 병력이 있었다.

한데 그 병력은 네바로 왕국군이 아니었다.

차림새가 완전히 달랐다.

아비게일은 그 병력의 정체를 알고 있었다.

바로 노미디스 제국의 병력이었다.

노미디스 제국은 네바로 왕국을 지원하기 위해 기사단을 보냈다.

그런데 보낸 기사단이 일반적인 보통의 그런 기사단이 아니었다.

바로 주커 백작의 기사단이었다.

주커 백작은 노미디스 제국의 실력자 중 하나로 가장 최근 소드마스터에 오른 자였다.

검에 굉장한 자질을 가지고 있는 자로, 기사 내 서열은 26위로 최하위였지만 젊은 데다 발전 가능성이 높아 제국에서 큰 기대를 걸고 있었다.

그런 그를 노미디스 제국이 지원군으로 보냈고, 전쟁 내내 아비게일을 방해하고 있는 상태였다.

"하!"

아비게일은 주커 백작을 발견하곤 달리는 말을 더욱 독려했다.

그가 도착하기 전에 네바로군의 대장을 죽여야 하기 때문이다.

다행히 거리상 그녀가 훨씬 가까웠기에 별다른 문제만 생기지 않는다면 작전대로 될 수 있을 듯했다.

"엇!"

"후작 각하!"

그때 갑자기 아비게일을 따르던 기사들이 당황한 모습을 보였다.

그들의 시선에 황당한 장면 하나가 그려지고 있었기 때문이다.

"아, 안 되겠다! 이랴! 하!"

놀랍게도 배질 백작이 도망을 쳤다.

말도 안 된다 여길 수 있지만 사실이었다.

자신의 다른 부대로 몸을 피신시키는 것이 아니라 완전히 말 머리를 돌려 도망을 치고 있었다.

"아니, 뭐 저런……!"

"어이가 없군."

아즈라의 기사들은 황당하기 그지없었다.

총지휘관이 부하들을 놔두고 도망을 치다니.

이건 절대 있을 수 없는 일이었다.

부대가 괴멸 상태라면 이해할 수도 있지만 지금은 전혀 그 런 상태도 아니지 않는가.

결국 이건 자신의 죽음이 두려워 부하들을 내팽개친 것이나 다름없었다.

"후작 각하, 어찌합니까?"

그런데 그걸 보는 아비게일의 표정은 그다지 좋지 않았다.

그 이유는 이 어처구니없는 상황이 오히려 아즈라군에게 좋지 못한 문제를 만들었기 때문이다.

평상시 이런 상황이 발생했다면 문제가 없었다.

하지만 지금은 아니었다.

이번 작전은 빠른 시간 안에 상대의 우두머리를 죽여야 하는 일이었다.

그런데 배질 백작이 도망침으로 해서 시간이 길어지면 그야말로 아군엔 치명타나 마찬가지였다.

그러니 아비게일의 얼굴이 좋을 리가 없는 것이다.

"할 수 없지. 너희는 나를 따르거라. 나머지는 아군을 돕고 배질 백작이 도망쳤다 외쳐라. 전장이 넓으니 소식이 전해지는 데 늦겠지만 그것으로 조금이라도 시간을 더 끌 수 있을 것이다."

"알겠습니다!"

아비게일의 명령에 기사들이 고개를 끄덕였다.

이내 아비게일은 삼분의 일 정도 되는 기사들을 데리고 뒤를 쫓았다.

그리고 나머지는 명령대로 아군을 돕기 위해 흩어졌다.

외침과 함께 말이다.

"네바로군 총사령관이 도망쳤다!"

\*　　　\*　　　\*

두두두두두!

"하! 하! 달려라! 어서!"

"좀 더 빨리! 조금만 더!"

아비게일의 마음속이 점점 다급해졌다.

생각보다 배질 백작의 후퇴 속도가 빨랐다.

총 병력이 열 명도 되지 않아서 그런지 쉽게 따라잡을 수가 없었다.

아비게일은 달리는 와중 뒤를 돌아봤다.

또 다른 먼지구름과 함께 한 떼의 인마가 뒤를 따라오고 있었다.

바로 주커 백작과 기사들이었다.

아비게일이 배질 백작을 쫓자 그들도 따라온 것이다.

'저들이 방해하기 전에 죽여야 한다.'

주커 백작과의 거리도 일정한 상태라 아직은 문제가 되지 않았다.

하지만 언제 거리가 좁혀질지 모르기에 그전에 배질 백작을 죽여야 했다.

그렇게 세 무리는 서로의 목적을 달성하기 위해 얼마간 계속 달려 나갔다.

"앞에 장애물이 있습니다!"

그때였다.

정면에 여기저기 땅이 파인 곳이 나타났다.

비가 와서 생긴 구덩이로 보였는데 방향으로 가늠했을 때 배질 백작 무리는 그곳을 지날 수밖에 없을 듯했다.

'기회다.'

아비게일은 눈을 빛냈다.

구덩이가 있다면 속도를 줄일 수밖에 없었다.

그 사이 충분히 따라잡을 수 있었다.

"이런 젠장!"

배질 백작도 그것을 발견하고는 얼굴이 한껏 일그러졌다.

그리고 예상대로 구덩이에 가까워지자 속도를 줄였다.

두두두두두두!

스르릉! 스릉!

반대로 아비게일 무리는 빠르게 다가갔다.

두 무리의 거리는 순식간에 가까워졌고 이내 서로 무기를 꺼내 들었다.

둘 다 격돌을 피할 수 없음을 직감한 것이다.

"죽어라!"

"차앗!"

공격을 시도한 건 아즈라의 기사들이었다.

아비게일과 마찬가지로 그들 역시 뒤에 따라오는 주커 백작의 존재를 알기에 급히 행동에 나선 것이다.

당연히 아비게일도 가만히 있지 않았다.

그녀는 말의 속도를 줄이는 동시에 말 등을 밟고 날아올랐다.

앞을 막고 있는 네바로의 기사들을 지나쳐 바로 배질 백작을 공격하려는 것이다.

"......!"

그런데 막 날아오른 아비게일의 눈썹이 찌푸려졌다.

배질 백작이 웃고 있었다.

위기에 빠진 그가 오히려 그녀를 보고 득의한 미소를 짓고 있었다.

'설마!'

아비게일은 뭔가를 느끼고 급히 부하들을 향해 소리치려 했다.

그런데 그 순간,

슈우우우우.

화아아아아악!

갑자기 주변 공기가 진동을 하더니 밑에서 빛이 뿜어지는 것이 아닌가.

"뭐, 뭐야!"

"이게 무슨……!"

아즈라 기사들의 표정이 변했다.

그리고 그들이 상황을 판단하기도 전에,

우드드드드득!

"크어억!"

"우으읍!"

움직임이 멈췄다.

달리고 공격하던 그대로 동작이 멈춰 버렸다.

그런데 그냥 멈춘 것이 아니었다.

놀랍게도 공간 전체가 멈췄다.

무슨 뜻이냐 하면, 달리며 바닥에 살짝 떠 있는 기사와 몸을 날려 공중에 뜬 아비게일 등이 그대로 허공에서 움직임을 멈춘 것이다.

자연적으로는 전혀 말도 안 되는 일이 벌어졌다.

"후하하하하! 걸려들었어! 드디어 잡았다고!"

그때 통쾌한 웃음과 함께 배질 백작이 앞으로 나섰다.

그는 공중에 떠 있는 아비게일을 바라보며 기쁨과 환희가
득한 표정을 지었다.

두두두두두두!

"워, 워!"

얼마 있지 않아 뒤이어 주커 백작 무리가 도착했다.

"작전 성공이군. 고생했소, 배질 백작."

"잡은 사람을 보시오. 이 정도 성과라면 수십 번의 고생도
마다하지 않을 나라오."

작전 성공.

그 말로 인해 모든 것이 드러났다.

지금 이 상황은 네바로군에서 파놓은 함정이라는 것을.

배질 백작이 도망친 것은 의도된 행동이었던 것이다.

이윽고 주커 백작은 아비게일 등이 있는 공간에 닿지 않게
돌아서 배질 백작 무리와 합류했다.

배질 백작은 주커 백작이 옆에 서자 아비게일에게 시선을
옮겼다.

"어떻게 된 상황인지 궁금하오, 아비게일 후작?"

"……."

"이미 예상했겠지만 모든 것이 후작을 잡기 위한 함정이었소. 내가 도망을 쳤던 건 작전의 일부였던 거지."

"……."

"작전이 어찌 될지 장담은 하지 못했는데 이렇게 성공을 하니 솔직히 굉장히 기쁘다오. 이제 와서 말하지만 중간에라도 눈치채고 돌아서면 어쩌나 속으로 많이 걱정했다오."

배질 백작은 진심으로 걱정했다는 듯 한숨 돌리는 제스처를 취했다.

이윽고 백작이 고개를 저었다.

"그 공간에서 빠져나오려 애쓰는 모양인데 소용없을 것이오. 우리가 그 정도도 감안하지 않고 작전을 세웠을 리 없지 않소. 후작이 지금 걸린 마법은 에어 프리즈(Air freeze)라는 범위 마법이요. 마법진을 통해서만 발동하는 것으로 마법사가 무려 서른 명이나 필요하다오. 거기다 까다로운 조건이 필요해 거의 쓰이지 않는다고 하더군. 대신 그만큼 강력한 위력을 가지고 있어 아무리 그대 같은 강자라도 벗어날 수 없다고 하오."

배질 백작의 말은 사실이었다.

아비게일은 벗어나기 위해 마나를 운용했지만 전혀 소용이 없었다.

마치 몸이 얼음 속에 갇힌 것처럼 꼼짝도 하지 않았다.

그런데 진짜 중요한 건 그게 아니었다.

지금 자신이 빠진 함정엔 치명적인 효과가 있었다.

그녀가 드디어 입을 열었다.

"공기를 이용한 마법인가?"

"역시 후작이군. 그곳에서 말을 하다니. 그렇소. 공기를 이용한 것이오."

아비게일의 눈빛이 심각해졌다.

에어 프리즈라는 마법은 말 그대로 공기를 동결시키는 마법이었다.

그 말은 곧 몸이 움직이지 않는 것은 물론 숨도 쉬지 못한다는 뜻이었다.

배질 백작이 감탄한 건 그 때문이었다.

공기를 흡수할 수 없는 상황에서 아비게일은 말을 한 것이다.

아비게일과 달리 아즈라 기사들의 낯빛은 좋지 않았다.

벌써부터 숨을 쉬지 못하는 것에 얼굴색이 변하고 있었다.

그럴 수밖에 없었다.

말을 타는 것 또한 많은 체력을 요하는 일이었다.

거기다 여기까지 온 힘을 다해 달려왔으니 숨을 쉬지 못하는 것이 치명타가 되는 것은 당연했다.

"공기가 동결됐기에 마나 운용도 힘들 것이오. 그러니 포기하시오."

아비게일은 그 말에 신경 쓰지 않고 부하들에게 말했다.

"모두 버텨라. 이 정도 마법이라면 많은 마나를 소모해야 한다. 오래 유지할 수는 없을 것이다."

아즈라 기사들은 대답하진 못했지만 모두 속으로 고개를 끄덕였다.

아비게일의 말에 배질 백작은 미소를 지었다.

"역시 눈치가 빠르군. 맞소. 이 마법을 오래 유지할 수는 없소이다. 또 우리가 직접적으로 공격을 할 수도 없지. 아마 이것만으론 후작을 죽이긴 힘들 것이오. 하지만 다른 이들은 아니지."

백작은 뒤로 살짝 시선을 주더니 고개를 끄덕였다.

그러자 부하 하나가 하늘을 향해 화살을 쏘아 올렸다.

피이잉!

날카로운 바람 소리가 허공에 울려 퍼졌다.

그리고 얼마 있지 않아,

우우우웅!

마법진이 울리기 시작했다.

쫘드드드드드!

"크헙! 으읍!"

"끄으으윽!"

아즈라 기사들의 눈이 커지면서 고통스런 신음 소리를 내뱉는 것이 아닌가.

그들이 그런 모습을 보이는 이유는 에어 프리즌의 변화 때문이었다.

동결돼 있던 공기가 그들을 압박하기 시작했다.

지금까지는 공기가 멈춰 있었다면 이제는 조여들기 시작한 것이다.

우두둑! 으득!

히히힝!

결국 빈사 상태에 빠져 있던 말들이 비명과 함께 먼저 죽어나갔다.

에어 프리즈의 영향으로 피가 흘러나오거나 하지는 않았지만 뼈가 부러지고 뒤틀리면서 괴이한 모습으로 죽음을 맞이했다.

그리고 그건 기사들에게도 해당되기 시작했다.

뿌드득!

빠각!

"끄읍!"

마나의 힘으로 저항하던 자들이 더 이상 버티지 못했다.

그들의 몸이 뒤틀리면서 뼈가 부러졌다.

"끄으으……."

끔찍한 고통에 신음 소리도 제대로 내지 못하는 자들이 속출했고 그러다 결국 죽는 이들이 나왔다.

아비게일은 부하들을 돕고 싶었지만 그럴 수가 없었다.

그녀 역시 몸을 보호하는 데만 많은 신경을 쏟아붓고 있었기 때문이다.

"부하들이 걱정되겠지만 소용없을 거요. 살아남지 못할 것이니."

배질 백작의 조롱 섞인 말에 아비게일의 시선이 그에게 향했다.

"아무래도 후작의 기사들이 죽을 때까지 잠시 기다려야 할 것 같으니 그동안 이야기나 하는 게 어떻소? 아, 뭐 대부분 내가 말하는 거겠지만."

"……."

"원래 본인이 이런 성격은 아닌데 오늘은 입이 근질근질하구려. 자랑을 하고 싶어서 말이지. 이번 작전은 굉장히 심혈을 기울인 것이라 후작이 꼭 알고 죽었으면 좋겠소. 후작도 손해는 아닐 거요. 어떻게 당했는지도 모르고 죽는 건 억울할 테니까."

"후후후."

옆에 있던 주커 백작이 나직한 웃음을 터뜨렸다.

비슷한 기분을 느끼고 있기에 배질 백작이 어떤 감정을 느끼는지 그도 아는 모양이었다.

"후작, 그대는 이 작전이 갑자기 만들어진 거라 생각할 텐데 사실 아니오. 이 작전은 오래전부터 계획돼 있었고 차근차근 진행되었소. 먼저 아즈라의 지원군이 도착하기를 기다렸고, 지원군이 도착한 후에는 조금씩 이기게 해줬지. 그럼 후작이 착각을 하게 될 테니까. 흐름이 아즈라 쪽으로 흐르고 있다고 말이야."

"……."

"지휘관이라면 흐름을 놓치기 싫은 건 당연한 일. 후작이 승부를 걸고 날 칠 것이라 예상했고 우린 그에 맞춰 함정을 팠소. 본국에 마법사들까지 요청해서 말이오."

"……."

"우리가 왜 이렇게 오랜 시간 공을 들였는지 아시오? 바로 후작 때문이오. 지원군이 오기 전에 우린 아즈라군을 괴멸시킬 수 있었지만 일부러 그러지 않았소. 왜냐하면 그래 봤자 가장 중요한 후작을 잡지는 못할 테니까. 시일이 걸려도 후작만 처리할 수 있다면 이후 전쟁에서 우리를 막을 자는 없을 테고 그래서 심혈을 기울였소. 그리고 그 결과 아주 만족스러운 결실을 맺은 것이지."

아비게일의 얼굴에 변화는 없었다.

하지만 모든 전말을 이해한 그녀의 속마음은 찌푸려져 있었다.

너무 쉽게 상대의 의도대로 움직이고 말았다.

치밀한 계획이라도 완벽하지는 않았을 것이다.

하루하루 달라지는 전황에 완벽한 건 있을 수 없을 테니.

분명 어떤 징후가 있었을 것이고 그건 충분히 알아차릴 만한 것이었을 것이다.

한데 그걸 그녀가 알아채지 못한 것이다.

'그 일 때문에.'

그 이유는 군주 학살 사건 때문이었다.

그녀는 그 사건의 진실을 밝히지 못한 것에 대해 마음의 짐을 가지고 있었고, 온전히 전쟁에 신경을 쓰지 못했다.

전쟁을 하는 내내 자신이 진실을 밝히지 않아 벌어지고 있는 일이라 여겼기 때문이다.

그것이 그녀의 시야와 판단을 흐리게 하고 있었던 것이다.

결국 일이 이렇게 된 건 모두 자신의 잘못이라 그녀는 생각할 수밖에 없었다.

"끄흡… 끅!"

"커컥!"

"이제 거의 끝나가는군. 얼마 남지 않았으니 준비해야겠소."

"그러리다."

배질 백작은 살아남은 아즈라 기사들이 얼마 남지 않자 주커 백작에게 말했다.

주커 백작도 생각하고 있었는지 부하들에게 아비게일 쪽으로 고갯짓을 했다.

그에 기사들이 움직이기 시작했는데,

웅웅웅웅!

갑자기 마법진이 울리는 것이 아닌가.

"응?"

갑작스런 마법진의 진동에 주커 백작과 기사들이 걸음을 멈췄다.

그들은 눈썹을 살짝 찌푸렸지만 별달리 신경 쓰지는 않았다.

아직 마법진의 유지 시간이 남았기에 풀릴 리는 없고 잠깐 마법적 이상이 나타났을 뿐이라 여긴 것이다.

기사들의 예상대로인지 진동은 금세 사라졌고, 그들은 다시 걸음을 옮겼다.

그런데 얼마 가기도 전에 당혹스러운 일이 벌어졌다.

화아아아악!

슈우욱.

순간 마법진이 풀리더니 사라진 것이다.

"엇!"

"뭐, 뭐야!"

기사들의 눈이 커졌다.

전혀 생각지 못한 상황이었기에 자연스럽게 모두 다시 걸음을 멈추고 말았다.

그리고 그 순간,

슈라라라라락!

땅으로 떨어져 내리던 아비게일이 멍하니 있던 주커 백작과 기사들에게 들이닥쳤다.

스가가가각!

쑤거걱!

비명도 없었다.

너무나 갑작스럽게 벌어진 일이라 십여 명이 순식간에 목과 몸통이 잘려 나갔다.

"뭐 하는 것이냐! 모두 뒤로 물러서라!"

부하들의 죽음에 주커 백작이 정신을 차리고 고함을 질렀다.

그에 백작의 기사들이 급히 뒤로 빠졌다.

"으악!"

"크헉!"

하지만 아비게일이 그냥 두고 보지 않았고 그에 몇 명이 더 당하고 말았다.

"차핫!"

주커 백작이 일그러진 얼굴로 아비게일에게 들이닥치며 검을 휘둘렀다.

아비게일도 기사들을 공격하던 것을 그만두고 그를 맞이했다.

차차차차창!

카캉! 떠덩!

결국 두 사람의 전투가 시작됐다.

"이게 어떻게 된 일이냐! 마법진이 벌써 풀릴 리가 없는데!

여봐라! 마법사들을 데리고 오너라! 무슨 일이 생긴 건지 알아야겠다!"

그때 배질 백작은 크게 당황하고 있었다.

예상보다 너무 빨리 마법진이 풀렸다.

이건 전혀 생각지 못한 상황이었기에 그는 급히 명령을 내려 마법사들을 데려오게 했다.

"예, 알겠습니다!"

백작의 명령에 기사 한 명이 마법사들이 있는 방향으로 달려갔다.

"이런……!"

배질 백작의 시선은 주커 백작과 아비게일을 향했고 이내 한껏 굳어졌다.

주커 백작이 약간 밀리고 있었다.

원래 실력에서는 아비게일이 더 강하기에 밀리는 게 당연했지만 그가 예상한 상황은 아니었다.

본래대로라면 아비게일이 마법진에 더 힘을 소모해야 했고 이후 힘이 빠진 상태에서 주커 백작을 상대해야 했다.

그랬다면 지금처럼 밀리기는커녕 오히려 주커 백작이 압도하고 있었을 것이다.

한데 반대의 상황이 발생했으니 이는 작전과 다른 경우가 발생할 수 있다는 이야기였다.

'이대론 안 되겠다.'

백작은 기사들을 투입시키기로 결정했다.

부하들의 도움을 받는 것에 주커 백작의 자존심이 상할 수 있겠지만 지금은 그런 걸 따질 상황이 아니었다.

마음을 굳힌 그는 이내 명령을 내리기 위해 입을 떼었다.

"지……!"

그때였다.

"이런, 안 되지."

갑자기 차갑고 싸늘한 무언가가 그의 목을 감싸며 누군가의 손이 입을 막았다.

동시에 나지막한 목소리가 들려오는 것이 아닌가.

"……!"

배질 백작의 눈이 커졌다.

그는 어떻게 된 상황인지 몰라 굳어진 몸으로 똑바로 정면을 바라봤다.

'이게 뭐지? 뒤에 이자는 누구란 말인가? 분명 뒤에는 부하들이 있었는데?'

백작의 머릿속이 복잡해졌다.

도대체 어떻게 된 상황인지 판단을 내릴 수가 없었다.

"궁금해할 필요 없다. 네 부하들은 이미 다 죽었으니."

"……!"

백작의 눈은 더욱 커졌다.

'죽다니. 그럼 그들이 죽을 때까지 전혀 알아차리지 못했단 말인가?

그제야 그는 알았다.

누군가가 개입했다.

그것도 아주 강한 자가.

그리고 그는 자신들의 편이 아니었다.

'알려야 한다!'

백작의 시선이 주커 백작의 기사들에게 향했다.

그들은 전투에 정신이 팔려 있었다.

뒤에서 무슨 일이 벌어지고 있는지 전혀 알지 못했다.

그때였다.

주우욱.

목에 닿아 있던 차가운 것이 그의 목을 가르는 것이 아닌가.

'욱!'

화끈한 고통이 그의 목을 타고 온몸으로 전해졌다.

몸이 부들부들 떨리며 시야가 흐릿해졌다.

'이, 이렇게……'

그것이 그의 마지막 생각이었다.

배질 백작은 숨을 거뒀고 조용히 바닥에 눕혀졌다.

스윽.

백작을 죽인 자.

그자는 조용히 다음 목표물들을 향해 움직였다.

하나씩 고요하게.

주커 백작의 기사들도 배질 백작과 다르지 않았다.

전투에 정신이 팔려 있다 죽음을 맞이했고, 다른 이들은 그런 동료의 죽음을 알아차리지 못했다.

그렇게 잠시 후.

"쓰러져 있는 아즈라의 기사들을 죽여라! 그리고 몇 명은 후작을 공격하라!"

주커 백작이 명령을 내렸다.

전쟁 내내 그랬지만 역시나 혼자서는 아비게일을 상대하지 못한다는 걸 알고 자신을 돕게 했다.

더불어 살아남았지만 정신을 잃은 아즈라 기사들을 죽여 아비게일의 정신을 혼란스럽게 만들려 했다.

'응?'

그런데 아무도 나서는 이가 없었다.

대답도 없이 조용했다.

"명령을 듣지 못했느냐! 어서 나서서 아즈라 놈들을 죽이란 말이다!"

그는 다시 한 번 크게 소리쳤다.

혹 자신과 아비게일의 전투에 정신이 팔려 명령을 듣지 못한 건 아닐까 생각한 것이다.

하지만 다시 말했음에도 나서는 자가 없었다.

'무슨……'

그제야 그는 뭔가 이상함을 느꼈다.

두 번이나 명령을 내렸는데도 반응이 없다는 건 무슨 일이 있는 것이 분명했다.

'그러고 보니……'

배질 백작의 목소리가 들리지 않았다.

이런저런 명령으로 자신을 도와줘야 할 그가 아무 말 없다니.

그는 고개를 돌려 뒤를 보고 싶었다.

하지만 전투 중이니 그러지 못했다.

주커 백작이 혼란에 빠진 사이 아비게일의 공격은 더욱 거세졌다.

힘은 더욱 강력해졌고, 검은 더욱 현란해졌다.

백작은 온 힘을 다해 그것을 대응하려 했다.

하지만 역시 수준 차이가 있었다.

같은 소드마스터라도 훨씬 오래전에 경지에 오른 아비게일의 실력이 월등했다.

점점 백작의 힘은 빠져 갔고 상처가 하나둘 늘어났다.

그러더니 결국,

휘리릭!

서걱!

아비게일의 회전 공격에 백작의 목이 반이나 베여 나갔다.

"끄으……"

쿵!

백작의 몸은 통나무처럼 그대로 뒤로 넘어갔다.

그제야 그는 꺾인 목으로 뒤를 볼 수 있었다.

한 명이 서 있었다.

검은 로브로 전신을 가리고 있는 한 사람.

'누… 구…….'

묻고 싶었다.

하지만 그 말은 입으로 나오지 않았고, 주커 백작은 그대로 숨을 거두었다.

쉬리릭!

아비게일은 허공에 검을 휘둘러 주커 백작의 피를 털어냈다.

그런 그녀의 시선은 주커 백작이 아닌 검은 로브의 사람에게 가 있었다.

주커 백작은 뒤에서 일어나는 일이라 몰랐겠지만 그녀는 알고 있었다.

누군가가 배질 백작과 주커 백작 무리를 죽이고 있다는 걸.

그리고 그 실력이 심상치 않다는 것도.

너무나도 은밀해 눈으로 보지 않았다면 믿지 못할 정도였다.

"당신은 누구죠?"

아비게일이 정체를 물었다.

상황을 봤을 때 자신을 도와준 것이지만 적이 아니라 판단을 내릴 순 없었다.

　때문에 긴장을 늦추지 않았다.

　검은 로브의 사람은 가만히 아비게일을 바라보는 듯하더니 이내 손을 들어 얼굴을 가리고 있는 후드를 넘겼다.

　그러자 그자의 얼굴이 드러났다.

　"……!"

　그런데 얼굴이 드러나자마자 아비게일의 눈이 찢어질 듯 커지는 것이 아닌가.

　그녀의 눈동자가 크게 떨렸고 감정을 드러내지 않던 얼굴엔 수많은 감정이 나타났다.

　이윽고 그녀는 떨리는 목소리로 말했다.

　"그, 그레이너."

CHAPTER **07**
재회

죽은 자들의 **왕**

"잘 지냈나?"

그레이너는 담담하게 안부를 물었다.

아비게일은 너무 놀라 그레이너의 말에 답하기는커녕 오히려 되물었다.

"저, 정말 당신인가요? 진짜 그레이너, 당신이에요?"

"맞소. 나요."

"어떻게……."

그녀는 믿기지가 않았다.

분명 그레이너의 죽음을 그녀가 직접 확인을 했었다.

그런데 이렇게 멀쩡히 살아서 나타나다니.

"어떻게 된 거죠? 당신은 분명 그때 죽었었는데… 내 눈으로 직접 확인까지 했었어요."

"설명하기에는 복잡한 일이라. 간단하게 숨이 붙어 있었다고 이해하는 게 좋겠군. 운도 있었고."

그 말이 무슨 뜻인지 아비게일은 이해했다. 그레이너의 능력과 관련된 것이리라.

"알겠어요. 그럼 그것에 대해선 더는 묻지 않죠. 그나저나 그동안……."

그레이너가 손을 들어 말을 막았다. 그러고는 쓰러져 있는 아즈라의 기사들을 눈으로 가리켰다. 몇몇이 정신을 차리고 있었다.

"지금은 대화를 나누기 적당하지 않은 것 같소. 밤에 내가 찾아가리다."

그레이너는 그 말과 함께 신형을 돌리더니 몸을 날렸다.

"그……!'

아비게일은 그레이너를 부르려 했지만 이미 그의 모습은 사라지고 없었다.

그녀는 그레이너가 사라진 방향을 복잡한 표정으로 바라보다가 부하들에게 달려갔다.

살아남은 부하들을 확인한 후 그들의 몸을 살폈다. 다행히 살아남은 자들은 끝까지 마나로 몸을 보호하고 있던 이들이었기에 문제는 없었다. 대신 완전히 지쳐 더 이상은 싸우기 힘든 상태였다.

아비게일은 그들의 안부를 확인하자 배질 백작과 주커 백작의 머리를 잘라 그들이 타고 온 말 중 하나에 올라탔다.

그런 다음 부하들에게는 알아서 뒤쫓아 오라고 한 후 전쟁터로 급히 달렸다.

상당한 시간이 지났기에 마음이 급했다.

도착했을 때 전장의 상황은 예상대로 아즈라군이 밀리고 있었다.

배질 백작이 도망친 건 작전이었기에 네바로군에 혼란은 없었고, 그에 따라 기사가 분산된 아즈라군이 어려운 상황에 처해 있었다.

그런 상태에 아비게일이 전장에 뛰어들었다.

그러며 그녀는 외쳤다.

"배질 백작과 주커 백작이 죽었다. 그들의 수급이 여기에 있다!"

네바로군에 더 이상 그녀를 막을 사람은 없었다.

거기에 더해 총사령관인 배질 백작과 소드마스터 주커 백작의 죽음은 네바로군에 큰 충격을 주면서 사기가 급격히 떨어졌다.

반대로 아즈라군의 사기는 치솟아 올랐고 언제 밀렸냐는 듯 반격을 하기 시작했다.

결국 얼마 가지 않아 네바로군은 퇴각했다.

아비게일은 병력을 통솔해 퇴각하는 네바로군을 쫓아 더 큰 피해를 입혔다.

아즈라군의 상태도 그다지 좋지는 못했지만 네바로군을 완전히 쫓아내기 위해서 무리를 해가면서까지 강행시켰다.

지휘관을 잃은 건 물론 전쟁에서도 패한 네바로군은 심각한 타격을 입었고 종내 본진까지 버리고 도망을 쳤다.

비록 무리를 했지만 그렇게 마침내 아비게일은 네바로 왕국군을 패퇴시킬 수 있었다.

*　　　*　　　*

어두운 밤.

낮의 전투로 인해 최소한의 인원만 남긴 채 잠든 아즈라군의 진영.

아비게일은 잠을 자지 않고 있었다.

그 이유는 그레이너 때문.

다시 찾아오겠다는 그레이너의 약속에 따라 잠을 자지 않고 기다리고 있는 것이다.

스윽.

그때 누군가 천막 안으로 들어왔다.

"왔군요."

그레이너였다.

그가 정말 다시 찾아온 것이다.

"앉아요."

아비게일은 의자를 권했다.

그에 그레이너는 의자에 앉았고 아비게일도 맞은편에 자리했다.

어느새 그녀는 좀 전과 달리 진정돼 있었다. 놀람이 어느 정도 가라앉은 듯했다.

하지만 완전히 사라진 것은 아닌지 그레이너의 모습을 바라보다 옅은 미소를 지었다.

"정말 온전히 살아 있는 거군요. 그때 기억 때문인지 눈으로 봐도 실감이 나질 않네요."

그레이너는 그러냐는 듯 옅게 고개를 끄덕거리며 아비게일이 내준 차를 한 모금 마셨다.

"먼저 아까 일에 대한 인사부터 할게요. 고마워요. 도와주지 않았다면 큰 곤경에 처했을 거예요."

"됐소. 어차피 내가 도와주지 않아도 그들이 당신을 어찌하지는 못했을 테니까."

"부정하진 않을게요. 하지만 부하들은 모두 잃었을 거예요. 그러니 감사의 마음을 받아주길 바라요."

"알았소."

"그동안 어떻게 지낸 건가요? 그 상태에서 살아 있었다면 상처를 치유하는 데 어려움이 있었을 거 같은데. 몸은 완전히 회복이 된 건가요?"

"어려웠지. 고생을 하긴 했지만 완치를 했고 이제 몸에는 아무런 문제가 없소."

"다행이네요. 모든 게 다 정말 다행이에요."

아비게일은 진심을 담아 말했다. 전혀 생각지 못한 그레이너의 귀환이었지만 그것으로 인해 마음을 짓누르고 있던 무언가가 덜어지는 기분을 느끼는 그녀였다.

"그럼 몸을 회복하고 이제야 돌아온 거군요. 잘됐어요. 그렇지 않아도……."

그때 그레이너가 고개를 저으며 말을 끊었다.

"아비게일, 난 돌아온 것이 아니요."

순간 아비게일의 표정이 변했다.

"그게 무슨 말인가요? 돌아온 것이 아니라니. 혹시 무슨 일이……."

그런데 말하는 와중 아비게일의 머릿속에 무언가가 떠올랐다.

죽은 그자, 그가 바로 그레이너의 동생 데미안이다.

바로 얼마 전 데비아니가 찾아와 했던 말.

'설마…….'

그레이너가 예전 자신의 정체를 밝힐 때 말했었다. 자신이 아즈라 왕국을 돕고 있는 이유는 동생 때문이라고. 한데 그런 동생이 죽고 말았다.

아비게일이 살짝 굳어진 얼굴로 말했다.

"돌아온 게 아니라는 말… 혹시 동생 때문인가요?"

그레이너의 눈이 살짝 커졌다.

"데미안을 알고 있소?"

"얼마 전 데비아니 님이 찾아와 알려주었어요. 그때 안드레아 황녀와 같이 잡혀 있던 사람이 바로 당신의 동생 데미안이라는 걸."

"그랬었군."

그레이너는 그제야 알겠다는 듯 고개를 끄덕이더니 다시 차를 한 모금 마셨다.

아비게일은 그런 그레이너를 잠시 바라보다 나지막하게 말했다.

"미안해요."

차를 마시던 그레이너의 고개가 들렸다.

"그때 안드레아 황녀를 구하러 가는 것이 아니었어요. 만약 가지 않고 함께 싸웠다면 당신이 죽음의 위기에 처하지도 않았을 거고, 동생 또한……."

"사과할 필요 없소."

"……."

"그때는 데미안이 내 동생이란 걸 몰랐지 않소. 그대가 미안해할 일이 아니오."

그레이너의 말이 맞음을 그녀도 알고 있었다. 하지만 한순
간의 판단으로 돌이킬 수 없는 경험을 한 그녀 입장에선 미안
한 감정을 느낄 수밖에 없었다.

"하지만 그래도……."

"이미 지나간 일이요. 돌이킬 수도 없는 일이고. 그러니 동
생에 대한 이야기는 그만합시다."

그 말에 결국 아비게일은 더는 데미안에 대해 말할 수 없었
다. 그녀는 그레이너가 동생에 대해 거론하는 걸 원치 않음을
느낄 수 있었다.

"내가 찾아온 건 알고 싶은 것이 있어서요."

"알고 싶은 거요?"

"그렇소."

아비게일의 눈썹이 살짝 꿈틀거렸다. 그레이너의 성격을
아는 그녀였기에 무언가를 물어보려 한다는 것이 평범한 것
이 아님을 알 수 있었다.

"말해보세요."

"디로드의 위치를 알고 싶소."

"디로드요?"

순간 아비게일의 표정이 변했다. 평범한 것은 아닐 거라 예
상했지만 전혀 생각지 못한 질문이었다.

"당신이 왜 디로드에 대한 걸……."

"로젠블러를 찾고 있기 때문이요."

"……."

아비게일의 눈이 커졌다.

그제야 그녀는 그레이너의 질문을 이해할 수 있었다.

"복수를 생각하는군요."

"맞소."

"그것이 터무니없다는 것을 모르지 않을 텐데요? 그때 이미 혼자서는 그자를 어찌하지 못한다는 걸 경험했잖아요."

"경험했지. 하나 그렇다고 유일한 혈육인 동생이 살해당했는데 죽는 게 두려워 모른 채 살아갈 순 없지 않소."

"하지만 다음에는 이번과 같은 행운은 없을 거예요. 목숨을 부지하지 못한다고요."

"그 정도도 감수하지 못할 내가 아니오. 그러니 알려주시오."

"……."

아비게일은 그레이너의 굳은 결심을 느낄 수 있었다. 무슨 말로도 마음을 돌릴 수 없다는 것도.

그럼에도 그가 복수하려는 마음을 돌리길 바랐다. 죄책감 때문인지, 아니면 다른 무언가 때문인지는 모르겠지만 그가 죽으러 가는 것을 원치 않았다.

그레이너는 아비게일이 아무 말 없이 자신을 바라보기만 하자 뭔가를 생각하더니 말했다.

"혹 우리 관계 때문이오?"

"예?"

생각에 잠겨 있던 아비게일은 순간 제대로 듣지 못해 다시
물었다.

"우리의 관계 때문이냔 말이오."

"……!"

순간 아비게일의 눈이 커졌다.

'관계?'

그녀의 동공이 흔들렸다.

예상치 못한 그레이너의 말에 당황스러운 감정이 그녀를
흔들었다.

그녀는 겉으론 그런 모습이 드러나지 않게 하기 위해 짐짓
담담한 표정으로 말했다.

"과, 관계라니 그게 무, 무슨 말이에요."

하지만 나오는 말은 생각처럼 되지 않았다.

목소리가 떨리면서 표정도 어색했다.

당황하는 아비게일의 모습에 의아한 듯 그레이너는 고개
를 갸웃거렸다.

"우리 관계 말이오. 난 디로드의 일부였던 블랙 클라우드
의 어째신이었고 당신은 에티안의 사람이지 않소. 또 아즈라
왕국과 관련되어 함께 행동하기도 했고. 혹 그 사실 때문이
에티안에 속한 아비게일, 당신의 영향력에 문제가 생길까 꺼

려지냐 그 말이오."

"……."

당황했던 아비게일의 움직임이 그대로 멈췄다.

자신이 뭔가 오해를 했다는 것을 깨달은 그녀는 아무 말도 못 하고 가만히 있었다.

그레이너는 계속 말을 이었다.

"그런 거라면 걱정할 것 없소. 잠깐의 인연이 있었다지만 동생이 없는 지금 우린 어차피 아무런 관련도, 관계도 없는 사이이니."

"……."

"로젠블러의 위치만 알려주시오. 그럼 만난 적도 없는 사람처럼 다시는 볼 일 없을 것이오."

그레이너의 말은 틀린 것이 없었다.

그들의 인연은 깊지 않았고 데미안이 죽은 이상 이젠 아무런 관련이 없었다.

한데 모두 맞는 이 말이 왜 그렇게 아비게일의 기분을 거슬리게 한단 말인가. 왠지 모르게 화가 나는 그녀였다.

이내 아비게일은 굳어진 얼굴로 말했다.

"그럼 더욱 말해줄 수 없는 거 아닌가요? 관계도 없는 사람에게 그런 중요한 정보를 알려줄 수 없잖아요."

그 말에 그레이너는 고개를 끄덕였다.

"그렇지. 틀린 말은 아니오. 나도 받을 것이 없었다면 이렇게 부탁하지도 않았을 것이니."

"받을 것? 내게 받을 것이 있다고요?"

"빚이 있지 않소."

빚이라니? 아비게일은 의아해하다가 뭔가가 떠오른 듯 말했다.

"아까 사과했던 예전 그 일을 말하는 건가요?"

그레이너는 고개를 저었다.

"이미 말했지 않소. 사과할 일이 아니라고. 그걸 뜻하는 것이 아니오."

"그게 아니라면……."

"내가 말하는 건 침묵의 빚이요."

"침묵의 빚? 그게 무……!"

의미를 알지 못하던 아비게일의 눈이 순간 커졌다.

그녀는 놀란 시선으로 그레이너를 바라봤다.

아비게일의 반응에 그레이너가 고개를 끄덕였다.

"맞소. 난 군주 학살 사건을 말하는 것이오."

아비게일의 표정이 처음으로 딱딱하게 변했다.

"그대가 전말을 밝히지 않는 덴 이유가 있을 거라 생각하고 있소. 아마도 에티안과 관련이 있겠지."

"……."

"그걸 탓할 생각은 없소. 동생이 죽은 이상 아즈라가 어떻게 되든 포이즌 우드 대륙이 전란에 휩싸이든 난 관심 없으니까."

"……."

"그런데 그 침묵으로 인해 난 아주 큰 한 가지를 잃게 되오. 바로 세상에 알려지지 않은 내 동생의 죽음."

아비게일의 눈썹이 꿈틀거렸다.

"내가 말하는 빚은 곧 그것이고 난 그 대가를 로젠블러의 소재와 바꾸겠다는 거요."

설마 그레이너가 이것을 거론할 줄은 생각지 못했다.

군주 학살 사건의 은폐는 그녀에게 가장 큰 마음의 짐이었다. 그것을 숨김으로 해서 죄책감이 마음 깊은 곳에 자리 잡았고 전쟁을 치르는 내내 심난함을 떨치지 못했다.

그런 것을 그레이너가 거론하니 그녀는 그야말로 반박조차 할 수 없었다.

한편 아비게일의 반응에서 그레이너는 그녀의 죄책감을 느낄 수 있었다.

그녀가 숨기고 싶어 그런 것이 아님을 이미 예상은 하고 있었다. 때문에 그녀를 원망하거나 탓할 생각은 조금도 없는 그였다.

그레이너는 아비게일이 말을 할 때까지 기다렸다.

잠시 후 그녀가 입을 열었다.

"지금은 저도 알지 못해요."

그레이너의 표정이 살짝 변했다.

"그때 이후 행적을 놓쳤고, 지금 찾고 있는 중이에요."

'음……'

클레어가 했던 말과 똑같았다.

결국 로젠블러의 소재는 아무도 모르는 상황이 된 것이고 그레이너는 그것을 확인한 것이다.

기대를 가졌기에 실망감은 클 수밖에 없었다.

'완전히 알 수 없다면 그곳으로 가야 하는 건가?'

그 누구도 모른다면 남은 방법은 하나였다.

마지막 장소로 가 흔적을 따라가 보는 것.

문제는 상대가 상대인만큼 흔적이 있을 확률이 거의 없었고 그로 인해 로젠블러를 찾을 가능성이 희박하다는 것이다.

그렇게 그레이너가 낙담을 하려는 그때 아비게일이 다시 말했다.

"그런데 알아낼 수는 있을 거예요. 에티안에서 찾고 있는 중이니."

"그게 정말이오?"

그레이너의 표정이 밝아졌다.

"얼마나 걸릴 거 같소?"

"시일은 알 수 없어요. 하지만 조만간 다시 연락을 한다 했으니 그리 오래 걸리진 않을 거예요."

그 말에 그레이너는 고개를 주억거렸다. 그 정도면 문제없을 듯 보였다.

"연락이 오고 로젠블러의 소재를 알게 된다면… 알려 드리겠어요."

"고맙소."

그레이너는 담담하게 감사의 인사를 했다. 그러고는 이내 자리에서 일어났다.

"가시려는 건가요?"

"그렇소. 이만 가봐야 하지 않겠소. 만약 연락이 온다면 지내는 처소에 노란 깃발을 걸어주기 바라오. 그때 바로 찾아오겠소."

아비게일은 알았다는 듯 고개를 끄덕였다.

그레이너는 눈으로 인사를 하고는 신형을 돌렸다.

그런데 그때,

"로즈 여왕에 대해선 묻지 않는 건가요?"

"……."

막 걸음을 옮기려던 그레이너가 고개를 돌렸다.

그러자 아비게일이 말했다.

"데미안 대공은 죽었지만 그와 결혼한 로즈 여왕이 있잖아요. 그녀에 대한 건 궁금하지 않나요?"

그레이너는 이내 다시 완전히 신형을 돌렸다.

그리고는 말했다.

"궁금하지 않소."

아비게일의 표정이 살짝 변했다. 예상했던 답변이 아니었던 모양이다.

"아까 전에도 말했지만 동생이 없는 이상 이제 내겐 그 무엇도 의미가 없소. 설사 그게 동생과 결혼한 로즈 여왕이라도 말이오."

"하지만 데미안 대공이 사랑한 여자잖아요."

"사랑했지. 하지만 그건 두 사람의 사랑이오. 그 몫 역시 두 사람이 해결할 문제. 내가 관여할 일이 아니오."

"……"

그 말에 아비게일은 할 말이 없었다.

그레이너의 말대로 동생의 사랑의 대가를 형인 그가 책임져야 할 이유는 없는 것이다.

"그럼 가보겠소. 다음에 봅시다."

결국 그레이너는 다시 신형을 돌려 발걸음을 옮겼다.

아비게일은 그런 그의 뒷모습을 바라보며 뭔가 고민하는 기색이 역력했다.

그러다 결심을 했다는 듯 갑자기 소리쳤다.

"로즈 여왕이 회임을 했어요!"

턱!

"……!"

순간 그레이너의 움직임이 멈췄다.

그는 잠시 어떤 움직임도 없이 가만히 있더니 서서히 신형을 돌렸다.

그레이너의 표정은 심각하게 굳어 있었다.

"지금 뭐라고 했소?"

아비게일은 그가 알아들을 수 있도록 정확하게 다시 말했
다.

"회임을 하셨다고요. 임신. 로즈 여왕께서 말이에요."

"……."

그레이너는 똑바로 들을 수 있었고 그는 잠시 아무런 말도
하지 못했다.

CHAPTER **08**
성역

죽은 자들의 왕

"당신일 줄은 생각지도 못했군요."

아스퀴 산맥의 북쪽 최상단 아요데 지역.

언제나 안개가 자욱해 '황천의 끝자락'이라 불리는 그곳의 산속에 한 무리의 인영이 어딘가를 향해 걷고 있었다.

무리는 남녀가 섞인 여러 종류의 사람들이었는데 그중 눈에 띄는 한 여인이 있었다.

붉은 머리에 붉은 눈동자를 가진 미녀로, 다른 이들과 달리 형세나 분위기가 동료로 보이지는 않았다. 포박되거나 밧줄에 묶이진 않았지만 두 사람이 경계를 하고 있는 것으로 보아 인질 같았다.

"후후. 드디어 입을 열었느냐."

여인의 말에 무리에서 유일한 노인이 미소와 함께 입을 열었다.

뒷짐을 진 채 가벼운 발걸음을 내딛는 노인에게선 여유가 느껴졌다. 그것으로 그가 무리의 우두머리임을 알 수 있었다.

노인의 정체는 바로 로젠블러였다.

무리는 디로드의 인물들이었고 붉은 머리의 여인은 인질로 잡혀 있는 안드레아 황녀였다.

안드레아 황녀는 지금까지 단 한 마디도 하지 않고 있었다. 그러다 방금 처음으로 입을 열었고 그에 로젠블러가 나지막한 미소를 띠운 것이다.

"언제부터였습니까?"

안드레아가 다짜고짜 물었다.

로젠블러는 별말 없이 응대를 해주었다.

"무엇이 말이냐?"

"지금 벌이고 있는 일 말입니다."

"똑똑한 너라면 이미 알고 있을 것 같구나."

안드레아의 표정이 살짝 변했다.

"처음부터 계획적으로 접근했던 거란 말인가요?"

로젠블러는 가벼운 미소와 함께 고개를 끄덕였다.

그에 안드레아의 표정은 더욱 좋지 않게 변했다.

로젠블러가 시어스 제국의 황실에 머물게 된 건 프렌더빌 황제의 선대인 러스코 황제 때부터였다.

러스코 황제는 오랜 황위 다툼 끝에 황제가 된 자였는데 당시 다른 세 명의 형제들과 황위를 두고 경쟁을 했었다.

러스코는 넷 중 가장 세력이 약해 이리저리 치이는 신세였고 의례 그렇듯 죽을 고비를 맞이했던 게 한두 번이 아니었다.

그런 그에게 어느 날 절체절명의 위기가 찾아왔고 끈질기게 목숨을 연명해 왔던 러스코는 자신의 죽음을 직감했다. 그렇게 모든 걸 포기하고 죽음을 받아들이려는 순간 갑자기 누군가가 나타나 그를 구해줬다.

그자가 바로 로젠블러였다.

러스코는 로젠블러를 보자마자 그가 비범한 사람임을 한눈에 알아봤고 그에 도움을 청했다. 자신이 황제가 되게 해달라고 말이다.

로젠블러는 승낙했고 이후 러스코는 승승장구했다.

결국 최후까지 살아남은 러스코는 황제가 되었고 로젠블러는 그에게 가장 큰 은인이 되었다.

이후 러스코 황제는 로젠블러에게 공작의 작위와 영토를 하사하려 했지만 로젠블러는 사양하며 떠나려 했다.

당연히 러스코 황제는 그를 붙잡으며 권력에 욕심이 없다면 친구로서 남아주기를 요청했다.

로젠블러는 그것을 받아들였고 시어스 제국에서 그 누구

도 함부로 할 수 없는 존재가 되었다.

러스코 황제의 영향으로 아들인 프렌더빌 황제는 로젠블러를 극진히 대했고 베른하드 황태자와 안드레아 황녀도 할아버지 같은 마음으로 대했다.

때문에 정보부에서 황궁 내 불온 세력을 감지했음에도 찾지 못했던 것이다. 로젠블러를 의심조차 하지 않았기에.

안드레아 황녀는 바로 그것 때문에 자신을 자책했고 배신감에 지금까지 아무 말 않고 있었던 것이다.

"왜 전 죽이지 않으시나요?"

"알지 않느냐."

"모릅니다. 아바마마를 비롯해 모든 이를 죽이셨지만 저만 살려두셨어요. 그 이유를 제가 어찌 알 수 있을까요."

"허허. 이런 순간에도 모른 척하려 하다니. 어렸을 때부터 그랬지만 역시나 영민하고도 당돌하구나. 뭐, 그러니 네 아비가 널 정보부 수장으로 앉혔겠지."

"……."

"내가 왜 시어스 제국에, 아니, 네 할아버지인 러스코 황제에게 접근했는지 아느냐? 바로 그것의 존재 때문이었다."

'그것'이란 말에 지금까지 무표정하던 안드레아의 얼굴이 처음으로 꿈틀거렸다.

그걸 아는지 모르는지 로젠블러는 차분하게 자신의 말을 이었다.

"난 러스코를 만나기 전부터 그것을 찾아다녔단다. 오랜 시간 수소문했고 잘못된 정보에 허탕을 친 경우는 수도 없었지. 그러다 러스코에게 그것이 있다는 정보를 얻게 되었고, 오랜 감시 끝에 정말 그가 그것을 가지고 있다는 것을 확인할 수 있었다."

"……."

"한데 그것의 소유 유무는 확인했지만 어디에 숨겼는지는 알 수가 없더군. 모양이나 생김새만이라도 알면 찾아보겠는데 그것조차도 알지 못했으니까. 내가 아는 건 한 가지였다. 그것은 절대 힘으로 얻을 수 없는 존재라는 것. 힘을 사용한 순간 그것이 사라진다는 것을 말이야."

안드레아의 눈빛이 크게 흔들렸다.

그에 로젠블러가 지그시 미소를 지었다.

"왜? 내가 생각보다 너무 많은 것을 알고 있어 놀랐느냐?"

"……."

"그래서 난 참고 기다렸다. 그것이 어디에 있는지 어떻게 생겼는지 알기 위해 계속 기다렸다. 그러다 그것의 위치를 네가 알고 있다는 것을 알게 되었고 그때부터 네 행동 하나하나를 감시했다. 그리고 결국 이렇게 된 것이지."

듣고만 있던 안드레아가 입을 열었다.

"전혀 모를 말만 하시는군요. 도대체 무슨 이야기를 하는지 전혀 모르겠어요."

안드레아의 부정은 통하지 않았다. 로젠블러는 무시하고
말했다.

"그것의 용도가 뭔지 아느냐?"

"……."

"당연히 모르겠지. 네게 물려준 프렌더빌 황제는 물론 그
이전의 조상들도 그것이 어디에 쓰이는지 알지 못했으니까.
그냥 누구도 알아선 안 되는, 대대로 전해진 중요한 물건이라
고만 이야기했겠지."

안드레아의 눈빛이 흔들렸다. 마치 그 말이 사실이라는 듯
말이다.

"이제 알게 될 것이다. 그것이 무엇인지. 바로 여기서."

이윽고 로젠블러의 발걸음이 멈췄다.

그에 무리의 움직임이 멈췄고 모두의 시선이 한곳으로 모
였다.

'이건…….'

안드레아는 자신의 눈앞에 펼쳐진 정경에 얼굴이 찌푸려
졌다.

안개 때문에 아무것도 보이지 않던 무리 앞에 어느새 석상
들이 자리하고 있었다. 산속 깊은 곳, 그것도 황천의 끝자락
이라 불리는 낯선 이곳에 석상이라니.

석상의 존재도 놀랍지만 안드레아의 표정을 변하게 만든
이유는 석상들의 형상 때문이었다.

난생 처음 보는 괴수와 괴물들이 조각된 형상이었는데 그 생김새가 얼마나 사실적이고 기괴한지 저절로 뒷걸음질이 쳐질 정도였다.

도대체 사람 발길도 잘 닿지 않는 산속에 어떻게 이런 괴이한 석상들이 존재하는지 의문이 드는 안드레아였다.

'응?'

그런데 석상을 둘러보던 안드레아의 눈에 표지판 하나가 목격됐다. 굉장히 낡고 허름한 표지판이었는데, 거기에 적혀 있는 글이 눈살을 찌푸리게 했다.

성역. 감히 침범하는 자, 살아남지 못하리라.

'이런 곳이 성역이라고?'

어이가 없었다. 이런 음침하고 귀기 서린 장소가 신성한 지역을 뜻하는 성역이라니.

아마도 어떤 미친 자의 소행이 아닐까 싶었다. 그러니 괴물 석상에 표지판까지 만들어둔 것이 아니겠는가.

그렇게 생각하니 로젠블러가 왜 자신을 여기에 데려왔는지 더욱 의문이 생기는 안드레아였다.

"왜? 어느 정신 나간 자가 벌인 행동으로 보이느냐?"

그때 로젠블러가 안드레아를 향해 물었다. 마치 그녀가 무슨 생각을 하고 있는지 알고 있다는 듯.

"바닥을 자세히 보거라."

로젠블러의 말에 안드레아의 시선은 석상들이 있는 바닥을 바라봤다.

처음엔 왜 보라고 하는지 의아하게 생각될 정도로 아무것도 보이지 않았다. 안개가 자욱하게 땅바닥에 깔려 있으니 볼 수 있을 리가 없었다.

그때였다.

스윽.

로젠블러가 오른팔을 가볍게 휘둘렀다.

그러자,

휘우우우웅!

바람이 불더니 안개가 걷히는 것이 아닌가.

"앗!"

그 이후 드러난 바닥의 모습에 안드레아는 자신도 모르게 헛바람을 집어삼켰다.

백골 밭이었다.

수를 셀 수 없이 많은 백골이 쌓이고 쌓여 땅바닥의 풀잎 하나 보이지 않을 정도로 메워져 있었던 것이다.

안드레아는 경악하지 않을 수 없었다.

도대체 얼마나 많은 인간이 죽어야 이 정도의 백골이 생겨나는지 소름이 끼칠 정도였다.

더불어 이 많은 수가 왜 여기서 죽음을 맞이했는지 이해가 가지 않았다.

그런 안드레아를 향해 로젠블러가 말했다.

"이젠 알겠지? 저 표지판의 경고가 장난이 아니라는 걸."

"……"

"시작하거라."

로젠블러는 이내 알 수 없는 명령을 내렸다.

그러자 갑자기 다섯 명의 어쌔신이 나오더니 표지판 건너로 몸을 날렸다.

너무 갑작스런 일이라 안드레아는 멍하니 바라보기만 했는데, 순간!

그그극…

카가가각…

석상들이 움직이기 시작하는 것이 아닌가.

그것도 사람처럼 몸을 일으키듯 천천히.

그러더니 별안간,

쑤앙!

어쌔신들에게 달려들었다.

한 명당 하나씩.

어쌔신들은 당황하지 않았다.

마치 이런 상황이 벌어질지 알고 있었다는 듯 그들은 석상들이 들이닥치자 즉시 몸을 날렸다.

대응을 하지 않았다.

그에 석상들의 공격은 허공만 가르고 말았다.

한데 공격이 실패하자 다섯 기의 석상은 다시 제자리로 돌아갔다.

그러더니 처음과 똑같이 원래의 모습으로 굳어버리는 것이 아닌가.

놀라운 건 다음이었다.

다른 석상들이 움직이기 시작한 것이다.

이번엔 두 배가 늘어 열 기의 석상이.

쑤아아앙!

부앙!

쩨앵!

열 기의 석상은 즉시 어쌔신들에게 달려들었다.

역시나 어쌔신들은 피했는데 수가 늘어서 그런지 아슬아슬하게 모두 피해냈다.

그런데 다음이 문제였다.

다시 다섯 기가 늘더니 공격을 해온 것이다.

한 명당 세 기의 석상이.

쑤앙!

퍼걱!

쩨애앵!

푸각!

그에 두 명이 당하고 말았다.

석상의 공격에 두 명의 머리가 터져 나간 것이다.

그것도 모자라 다른 석상들의 이어진 공격에 몸통의 모든 뼈가 으스러졌다.

땅바닥에 곤두박질친 두 어쌔신의 시신은 인간의 것이라 보기 힘들 정도로 뒤틀려 버렸다.

휘이익!

휘릭!

두 명의 어쌔신이 당하자 또 다른 두 명이 표지판 너머로 몸을 날렸다.

방금 동료들의 죽음을 목격했음에도 망설임이 없었다.

그런 식으로 석상과 어쌔신들의 싸움은 계속되었다.

어쌔신은 다섯 명을 유지했고 석상의 수 역시 다섯 기씩 늘어났다.

그로 인해 어쌔신의 피해가 늘어났지만 로젠블러는 지켜만 볼 뿐 멈추지 않았다.

그런 상황이 얼마나 지속되었을까.

"물러나라."

갑자기 로젠블러가 중단 명령을 내리는 것이 아닌가.

그 말에 공격을 피하던 어쌔신들이 모두 물러섰다.

로젠블러는 이윽고 안드레아에게 다가갔다.

안드레아는 다가오는 로젠블러의 모습에 불길함과 동시에 긴장감을 느꼈다.

안드레아 앞에 선 로젠블러가 말했다.

"이제 네 차례다."

안드레아의 표정이 변했다.

자신의 차례라니?

"네가 들어갈 차례란 말이다."

"……!"

안드레아의 눈이 커졌다.

무슨 뜻인지 안 것이다.

로젠블러는 지금 그녀에게 표지판 너머인 금지로 들어가라고 말하는 것이다.

안드레아는 어떤 반응을 보여야 할지 알 수가 없었다.

저 안으로 들어가면 죽는 건 당연한 일.

로젠블러가 겨우 그것을 위해 자신을 데려왔다는 것이 이해가 가지 않았다.

로젠블러가 물었다.

"왜? 죽는 것이 두려우냐?"

그럴 리 없었다. 로젠블러의 행동에 의문이 들 뿐 죽는 것이 두렵지는 않았다.

로젠블러는 안드레아의 눈을 통해 그 생각을 읽었다는 듯 미소를 짓더니 어딘가를 가리켰다.

"저 석상이 보이느냐?"

"……."

안드레아의 시선이 자연히 로젠블러가 가리킨 석상을 향했다.

별다를 것 없는 석상이었다. 다른 석상들 사이에 있는 것으로, 사슴의 얼굴 형태를 가지고 있었지만 역시나 흉측하고 기괴하게 생긴 것이었다.

"저 석상 앞에 서거라. 그게 네가 할 일이다."

그 말에 드디어 안드레아가 입을 열었다.

"제가 저기까지 갈 수 있을 거라 생각하시는 건가요?"

로젠블러가 고개를 끄덕였다.

"가고말고. 충분히 갈 수 있으니 걱정하지 말거라."

"……"

"이것만 지키면 된다. 오직 저 석상만을 바라보면서 움직이거라. 다른 석상들이 네게 어떤 행동을 취하겠지만 절대 시선을 돌리거나 놀라서 피하지 말아라. 그것만 지킨다면 네 신상엔 아무 문제도 없을 것이다."

안드레아의 눈썹이 살짝 찌푸려졌다.

말도 안 된다 여겼다. 공격을 피하지 않으면 죽게 되는데 가만히 있으라니.

하지만 이내 체념했다.

왜냐하면,

'어차피 석상의 공격을 피할 수 있을 리가 없으니.'

안드레아는 결국 고개를 끄덕였다.

"알겠어요."

"마지막으로 저 석상 앞에 서거든 딱 하나의 행동만 하면 된다. 절대 눈을 돌리지 말아라."

'눈을?'

역시나 이해가 되지 않는 말이었지만 더 이상 궁금해하지 않았다. 지금 벌어지는 모든 것이 이해가 되지 않았기 때문이다.

어차피 안드레아는 로젠블러에게 잡혔을 때 목숨에 미련을 버린 상태.

그녀는 망설임 없이 표지판을 넘었다.

그그그극.

카가각.

그녀가 금지에 들어서자마자 석상들이 움직였다.

이미 수를 셀 수 없을 정도의 석상이 깨어난 상태이기에 수많은 바람 소리가 그녀를 향해 들이닥쳤다.

슈샤샤샥!

쑤아앙!

안드레아의 몸이 움찔거렸다.

반사 신경에 따라 자신도 모르게 피하려 했다.

'안 돼!'

안드레아는 그것을 거부하고 꾹 참았다.

주먹을 꽉 쥐고는 목표인 석상을 노려보며 걸음을 옮겼다.

부아아앙!

슈우웅!

'이럴 수가!'

곧이어 안드레아는 속으로 놀라지 않을 수 없었다.

로젠블러의 말이 맞았다.

석상들이 그녀에게 들이닥쳤지만 이내 스치듯 지나가 버렸다.

마치 그녀가 자신들을 보지 않자 관심을 끊은 것처럼 물러났다.

하지만 그렇다고 멈춘 것은 아니었다.

석상들은 계속 안드레아의 주변을 맴돌았고 안드레아의 정신을 흐트러뜨렸다.

안드레아는 온 신경을 목표 석상에 고정시키며 더욱 걸음을 빨리했다.

그리고 잠시 후,

부우웅!

샤삭!

목표했던 석상 앞에 서자 주변을 맴돌던 석상들이 거짓말처럼 물러났다.

그러더니 지금까지 아무 일도 없었다는 듯 정적에 휩싸이는 것이 아닌가.

그에 안드레아는 주변을 둘러보고 싶었지만 그럴 수 없

었다.

로젠블러의 당부를 잊지 않았기 때문이다.

그녀는 눈앞의 석상을 유심히 바라봤다.

'흉측하고도 무섭게 생겼구나.'

석상은 2미터 정도 크기였는데, 형체는 인간형이었지만 생김새는 그야말로 다시 보기 두려운 괴물이었다. 얼굴은 사슴의 머리에 바깥으로 튀어나온 갈고리 같은 이빨, 여덟 개의 뱀눈에 정수리부터 목 뒤까지 뿔이 솟아나 있었고 몸통은 바짝 말라서는 온통 붉은 빛깔을 띠고 있었다.

전체적으로 봤을 때 말로만 전해지는 악마 같은 모습이었다.

하지만 석상일 뿐이기에 두렵지는 않았다. 다른 석상처럼 움직이지 않았기 때문이다.

'움직이지 않는다고?'

그런데 그런 생각을 하자마자 의문이 생겼다.

다른 석상들은 다 움직이는데 왜 이 석상은 움직이지 않는단 말인가.

'설마 이 석상을 찾기 위해?'

머릿속에서 한 가지 생각이 떠올랐다.

로젠블러가 어쌔신들을 투입한 이유가 바로 이 석상을 찾기 위한 것이란 걸.

유일하게 움직이지 않는 석상을 찾기 위해 벌인 것이 아닐까 싶은 것이다.

그리고 왠지 그 생각이 맞다는 느낌이 왔다.

한데 그녀의 그런 생각을 뒤엎어 버리는 상황이 벌어졌다.

즈즈즈즉.

갑자기 석상에게서 움직임이 감지됐다.

목이 늘어나기 시작한 것이다.

마치 뱀의 형태처럼.

주우우욱!

목은 점점 길어졌고 뱀이 그렇듯 머리가 좌우로 꿈틀거렸다.

거기에 더해 여덟 개의 눈알이 대굴거리며 안드레아를 노려봤고 살짝 벌린 입으론 누런 침을 흘렸다.

"으음……."

안드레아는 공포를 느꼈다.

모습도 모습이지만 석상과 마주한 시선에서 알 수 없는 기운이 그녀의 눈을 통해 머릿속으로 파고들었기 때문이다.

석상의 머리가 점점 다가왔다.

그리고는 이내 안드레아의 코앞에서 멈췄다.

스으으으으.

석상의 냉랭하고 음습한 입김이 안드레아의 얼굴을 훑고 지나갔다.

겉모습만 아니면 진짜 생물체나 다름없어 보였다.

하지만 안드레아의 머릿속에는 그런 것을 생각할 틈이 없었다.

석상의 시선에 사로잡혀 있었기 때문이다.

두 시선이 얼마나 마주했을까.

갑자기 석상의 눈에서 하얀 광선이 뿜어져 나왔다.

그것은 당연히 마주하고 있는 안드레아의 눈을 파고들었다.

"아!"

안드레아는 신음을 흘렸다.

한데 고통스런 신음이 아니었다.

환희에 가까운 것이었다.

순간 그녀의 머릿속으로 목소리가 들려왔다.

―난 주신의 파수꾼 오눌. 네 이름이 무엇이냐?

"안드레아. 안드레아 작센 아라벨라입니다."

―주신의 인장 소유자 안드레아. 그대를 환영한다. 최후의 문을 열기를 원하는가?

'주신의 인장?'

주신의 인장이라니.

그녀는 속으로 크게 놀랐다.

자신이 가지고 있던 그것의 정체가 주신의 인장이라는 것이었단 말인가.

당연히 정확히 뭔지는 아직 몰랐다.

하지만 이름과 상황만 유추해 봐도 보통 물건이 아닌 것이
확실하지 않은가.

'최후의 문이라……'

그녀는 어떤 대답을 해야 할지 알고 있었다.

로젠블러가 원하는 것과 반대되는 대답을 하면 되는 것이
다.

그러나 너무나도 큰 의문이 그것을 망설이게 만들었다.

방금 자신이 가지고 있는 것이 주신의 인장이라는 것을 알
았다.

응당 인장의 비밀과 쓰임새 또한 알고 싶은 것이 당연하지
않은가.

결국 그녀는 고민 끝에 결단을 내렸다.

그녀가 오늘에게 말했다.

"인장의 소유자로서 말합니다. 원합니다. 최후의 문을 열
기를."

─알겠다.

그 말과 함께 주변이 순식간에 엄청난 빛에 휩싸였다.

CHAPTER **09**
주신의 석상

화아아아아아!

　너무나도 강렬한 빛에 로젠블러는 물론 그곳에 있는 모든
이가 눈을 감았다.

　그리고 잠시 후.

　빛이 사라지고 모두가 눈을 떴을 때, 드러난 광경에 대부분
의 입이 저절로 벌어졌다.

　"으음."

　주변을 잠식하고 있던 안개는 완전히 사라졌다.

　그리고 드러난 광경은 장대함, 그 자체였다.

　그들은 아스퀴 산맥의 제일 높은 곳 끝자락 꼭대기에 서 있

었다.

지금까지 안개 때문에 얼마나 높은 곳에 있는지 몰랐는데 시야가 트인 지금 보니 하늘이 가깝다 느껴질 정도의 위치에 자리하고 있었던 것이다.

덕분에 산자락에 걸쳐 흘러가는 구름이 보였고 거기에 더해 드넓은 바다가 눈앞을 가득 채웠다.

한데 이들이 놀란 것은 이런 절경 때문이 아니었다.

진짜 이유는 바로 벼랑 너머 구름 위에 자리한 거대한 신전 때문이었다.

벼랑 끝에는 고딕 양식의 다리가 있었고, 그 끝 다리 너머엔 신전이 존재했다. 이런 곳에, 그것도 구름 위에 어떻게 신전이 떠 있는지 이해가 가지 않았지만 그 모습이 너무나도 웅장하고 장엄해 저절로 감탄이 나올 정도였다.

더욱 놀라운 건 신전의 모습이었다.

신전 가운데로 거대한 빛기둥이 뿜어져 나오고 있었는데 그 빛이 하늘 끝 보이지 않는 곳까지 뻗어 있었다. 어떤 조화로 인해 일어나는지 알 순 없었지만 그 모습이 너무나도 신묘하고 신비로웠다.

"드디어."

그때 안드레아의 귀로 로젠블러의 목소리가 들려왔다.

그 목소리에서 안드레아는 느낄 수 있었다. 담담함 속에 벅찬 감정이 숨어 있다는 걸.

'실수한 것일까.'

그런 모습을 보자 그녀는 자신이 잘못한 것이 아닐까 싶은 생각이 들었다.

하지만 이미 돌이킬 수 없는 상황.

"가지."

이윽고 로젠블러는 앞장서서 걷기 시작했다. 그에 일행은 움직이기 시작했고 안드레아도 뒤를 따랐다.

다리에 진입하자 느낌은 또 달라졌다. 다른 이들은 어떤지 몰랐지만 안드레아는 공중을 걷고 있는 기분이었다. 때문에 그 순간만큼은 잡혀 있다는 걸 생각지 못할 정도였다.

"석상이……."

한데 주변 풍광도 풍광이지만 그녀의 눈에 띄는 또 다른 한 가지가 더 있었으니 그것은 바로 석상이었다.

다리 난간 곳곳에 석상이 존재했는데 왼쪽에는 천사, 오른쪽에는 악마 형상으로 나뉘어 있었다. 대부분 신전에 따라 천사와 악마 한 가지의 석상만 존재하는데 이곳은 두 가지가 모두 존재하는 것이다.

이것은 상당히 특이한 경우였기에 시선이 갈 수밖에 없었고 그렇게 여러 가지에 눈길을 주며 서서히 신전에 다가갔다.

다리는 상당히 길었고 신전까지 가는 데 어느 정도 시간이 걸렸다. 반 정도 왔을까.

"멈추시오."

전방에 갑자기 빛무리가 생겨나더니 누군가의 목소리가 그들을 막는 것이 아닌가.

그에 일행은 걸음을 멈췄다.

빛무리는 잠시 후 사라졌고 이내 다섯 명의 사람이 나타났다. 안드레아는 차림새를 통해 그들이 신전의 성직자임을 알 수 있었다.

다섯 명은 잠시 일행을 관찰했다. 한 명 한 명 눈으로 살폈는데 보는 내내 표정이 그다지 좋지 않았다.

이윽고 가운데 서 있던 사제가 입을 열었다.

"그대들은 어둠에 속한 자들이군."

사제는 모두에게 말했지만 시선은 로젠블러를 향했다. 로젠블러가 무리의 우두머리임을 알아본 것이다.

"이곳은 그대 같은 자들이 올 곳이 아니다. 어떤 용건이든 물러가라."

사제의 말은 단호했다. 그리고 위엄이 있었다.

"훗."

그 말에 로젠블러의 한쪽 입꼬리가 올라갔다.

그는 아무런 말도 하지 않았다.

또한 어떤 행동 역시 보이지 않았다.

대신 그의 그림자가 움직였다.

주우우욱.

갑자기 로젠블러의 그림자가 늘어나더니 성직자들에게 미

끄러져 갔다. 그것도 굉장히 빠른 속도로.

성직자들에게 도착하는 건 순식간이었다.

그런데 그림자가 막 발밑으로 파고들려는 찰나,

슈악!

쿠쿵!

뒤에 서 있던 두 명의 신성 기사가 앞으로 튀어나왔다.

그러더니 들고 있던 방패를 땅바닥에 내려찍으며 외치는 것이 아닌가.

"디바인 쉴드(Divine Shield)!"

위이이잉!

그러자 방패가 번쩍이더니 전방으로 빛을 뿜어냈다.

그 빛은 로젠블러의 그림자가 더 이상 다가오지 못하게 만들었다.

하나 빛은 오래가지 않아 금세 사그라졌다.

그에 그림자가 다시 움직였다.

그림자는 순식간에 커지더니 채찍처럼 휘둘렀다.

부아앙!

한데 허공을 갈랐다.

빛이 사라짐과 동시에 성직자들도 사라진 것이다.

등장했을 때처럼 사라지는 것도 순식간이었다.

로젠블러는 그것에 놀라지 않았다.

그의 발걸음은 아무 일 없었다는 듯 다시 움직였고 일행 또한 그 뒤를 따랐다.

단 한 명, 안드레아의 표정만이 좋지 못했다. 직감적으로 어떤 일이 벌어질지 느꼈기 때문이다.

신전까지 가는 데 더 이상 막는 자는 아무도 없었다.

대신 거의 도착했을 때쯤 볼 수 있었다. 신전 앞에 모여 있는 성직자들을.

그 모습은 군대를 연상케 했다.

신성 기사와 수도사, 사제 등이 각각 진형을 잡고 있었던 것이다.

"데이빗."

로젠블러는 블랙1을 불렀다.

그에 데이빗이 앞으로 나섰고 가장 앞에서 진형을 잡고 있는 신성 기사들을 향해 다가갔다.

양쪽 모두 아무런 말도 없었다.

어느 쪽이 되었든 상대가 어떤 의도를 가지고 있는지 알기 때문이다.

데이빗이 다가오자 신성 기사들은 방패를 앞세워 자세를 잡았다.

빛나는 백색 방패들의 향연은 그야말로 철벽을 연상시켰다.

그 누구도 뚫지 못할 위압감이 느껴졌고, 막지 못할 것이 없을 기백이 뿜어져 나왔다.

한데 그것을 보는 데이빗의 얼굴에 부담이나 걱정스런 감정은 엿보이지 않았다.

그의 표정은 무심했고, 먼저 움직였다.

타닷!

데이빗은 공중으로 뛰어올랐다.

그러더니 마치 안 보이는 무언가를 딛고 있는 것처럼 그대로 서는 것이 아닌가.

스윽.

이내 그는 손을 들어 검지로 허공을 가로로 그었다.

그러자 검지를 따라 불꽃이 만들어지는 것이 아닌가.

결국 얼마 안 있어 공중에 '一' 자가 만들어졌다.

신성 기사들은 아직 그것을 지켜보기만 했다.

데이빗이 무슨 행동을 하는지 알 수도 없었고 어떠한 징후나 기운도 느껴지지 않았기 때문이다.

그런데 그때였다.

쑤욱.

데이빗이 불꽃 사이로 양손을 집어넣는 것이었다.

그러고는 불꽃을 잡아 밑으로 잡아당겼다.

그러자,

부와악!

'一' 자였던 불꽃의 입이 크게 벌어지는 것이 아닌가.

어떻게 그게 가능한지 모르겠지만 불꽃은 이내 'O' 자 형태가 되었다.

그러더니 경악할 만한 일이 일어났다.

쿠콰콰콰콰!

벌어진 불꽃에서 용암이 뿜어져 나온 것이다.

그것도 마치 폭포수처럼.

용암은 즉시 진형을 잡고 있던 신성 기사들을 향해 들이닥쳤다.

"헉!"

당연히 신성 기사들은 크게 놀랐다.

설마 데이빗이 용암을 만들어내 공격할 거라곤 상상도 하지 못했기 때문이다.

하지만 놀란 것은 놀란 것.

그들은 바로 대응에 나섰다.

"방어하라!"

지휘관의 외침과 함께 신성 기사 모두 신성력을 일으켰다.

그리고는 동시에 외쳤다.

"헤븐스 쉴드(Heaven' s Shield)!"

화아아악!

외침과 함께 엄청난 빛이 폭사되었다.

방패의 빛은 하나로 모여들었는데, 이내 그것이 모두 모여 거대한 방어벽을 만들어내는 것이 아닌가.

콰콰쾅!

용암은 즉시 벽을 들이받았다.

웅웅웅웅!

그런데 방어벽에 의해 용암이 더 이상 나아가지 못했다.

막아낸 것이다.

부욱!

쿠콰콰콰콰!

하지만 데이빗의 표정엔 변화가 없었다.

오히려 그는 공간을 더욱 벌렸고 그에 더 많은 용암이 쏟아져 나왔다.

특이한 건 용암이 다리를 잠식할 정도로 흘러나와도 일행이 있는 곳으로는 한 방울도 흘러가지 않는다는 점이었다.

또한 다리 위로 넘쳐 옆으로 새나가지도 않았다.

데이빗이 조종을 하는 건지 오직 신전을 향해서만 움직였다.

용암은 점점 늘어났고 부피는 더욱 커졌다.

하지만 신성 기사들의 방어막은 별문제 없이 그것을 막아내고 있었다. 이후 어떻게 될지는 모르지만 지금 당장은 어찌하지 못하는 것이다.

한편 그때 로젠블러는 데이빗과 신성 기사들 너머 다른 곳을 보고 있었다.

바로 사제들.

사제들은 그들이 도착하기 전부터 하나의 진형을 만들고 무언가를 하고 있었다.

얼핏 단체 기도 같은 특별할 것 없는 행동으로 보였는데 로젠블러는 그것을 계속 주시하는 중이었다.

"소냐."

이윽고 침묵을 지키던 로젠블러가 누군가를 불렀다.

로젠블러의 부름에 한 여인이 다가왔다.

그녀의 이름은 소냐. 블랙 클라우드에선 블랙4의 암호명을 가지고 있던 여인이었다.

"네가 나서야겠다."

그 말에 소냐가 고개를 끄덕였다.

그런데 그녀가 나서자마자 기다렸다는 듯 이상한 현상이 벌어졌다.

우르릉!

맑은 하늘이 난데없이 울리기 시작한 것이다.

우르르르.

콰르르릉!

그 현상은 더욱 심해졌고 간헐적이던 울림이 뒤에 가선 끊임없이 지속되었다.

'뭐, 뭐지?'

안드레아는 불안한 표정을 지었다.

그녀도 울림을 느끼고 있었고 그것이 머리 위에서 흘러나왔기 때문이다.

당연히 왜 이런 현상이 일어나는지 그녀는 전혀 알지 못했다.

그런데 그 순간 기도를 올리던 신전의 사제들이 동시에 눈을 뜨더니 하늘을 향해 소리쳤다.

　"주신의 이름으로 심판을 내릴지어다! 저지먼트 오브 갓(Judgement of God)!"

　안드레아의 시선이 하늘에서 신전으로 향했다.

　외침이 그녀에게 전달될 정도로 거대한 진동을 느꼈기 때문이다.

　"아아!"

　그녀는 신전을 보고 감탄의 탄성을 내뱉었다.

　사제들의 외침과 동시에 금빛 오러가 하늘로 승천했던 것이다.

　그 모습은 굉장히 신비롭고 아름다웠다.

　하지만 그 감정이 얼마나 어처구니없는 것이었는지 곧 알게 되었다.

　쿠르르르릉!

　하늘이 울렸다.

　안드레아의 몸이 흔들릴 정도로.

　그녀의 시선은 다시 하늘로 향했고, 볼 수 있었다.

　머리 위에서 떨어지는 거대한 섬광을.

　쿠콰콰콰콰콰!

　그것은 벼락에 가까웠지만 벼락은 아니었다.

　섬광은 폭포수처럼 로젠블러 등에게 내리꽂혔고 누구도

피하지 못했다.

안드레아는 눈을 질끈 감았다.

콰콰콰쾅!

빛이 일행을 집어삼켰고, 굉음과 함께 엄청난 힘이 다리를 강타했다.

쿠쿠쿠쿠쿠쿠!

섬광의 위력은 엄청났다.

강타를 당한 다리가 섬광에 닿자마자 먼지가 되어 흩날릴 정도였다.

신전의 성직자들은 끝이라 생각했다.

저지먼트 오브 갓은 마법이라 치면 9서클 정도에 해당하는 것이었다.

그런 어마어마한 위력을 가진 신성 마법에 살아남을 자가 있을 리 없는 것이다.

그런데 잠시 후 섬광이 서서히 걷혔을 때 성직자들은 자신의 눈을 의심하지 않을 수 없었다.

화아아아!

빛이 사라지고 가장 먼저 나타난 건 다리였다.

다리는 의외로 끊어지지 않았다.

9서클 정도의 힘이라면 수십 번은 끊어지고도 남아야 했는데 좌우 난간만 손상됐을 뿐 온전했다.

그 다음은 로젠블러를 비롯한 수하들과 안드레아였다.

그들은 멀쩡했다.

분명 저지먼트 오브 갓에 적중을 당했는데 털끝 하나 다치지 않았다.

그 이유는 마지막으로 시선이 간 사람 때문이었다.

바로 소냐.

소냐는 일행의 머리 위에 떠 있었다.

양팔을 벌리고 하늘을 바라보고 있었는데 모습이 완전히 달라졌다.

그녀의 몸은 섬광의 여파 때문인지 빛을 내뿜고 있었는데 그와 달리 하얗던 피부색은 새카맣게 변해 있었다.

왜 그렇게 됐는지 알 수 없었지만 한 가지 알 수 있는 건 그녀의 몸에서 엄청난 기운이 뿜어져 나오고 있다는 것이었다.

"이럴 수가……!"

"도대체 이게 어떻게 된……."

신전의 성직자들 모두가 멀쩡한 로젠블러 등의 모습에 경악을 금치 못했다.

누구 할 것 없이 모두 죽을 거라 예상했는데 그렇지 않으니 놀랄 수밖에 없었다.

그런데 그때 놀라는 성직자들의 시선에 이상한 움직임이 감지되었다.

지금까지 공격을 하던 데이빗이 소냐의 뒤로 물러나 버리는 것이 아닌가.

그 모습에 왠지 불길함이 느껴졌다.

특히 소녀의 달라진 현 상태가 심상치 않아 더욱 경계심이 높아졌다.

스윽.

그때 소녀의 시선이 하늘에서 내려오더니 성직자들을 향했다.

소녀의 눈은 몸과 똑같았다.

눈 전체가 새카맸는데 광채가 뿜어져 나오고 있었다.

그것은 감히 마주 보기 힘들 정도의 무언가가 느껴졌다.

성직자들을 잠시 바라보던 소녀가 두 팔을 그들을 향해 뻗었다.

그러자 곧이어 그녀가 뻗은 두 팔 앞에 빛무리가 생성되는 것이 아닌가.

그 빛무리는 점점 부피가 늘어났고 종국엔 집 한 채 크기 정도까지 커졌다.

"대비하라!"

신성 기사들은 그것을 보고 심상치 않음을 느꼈다.

수도사나 사제들도 마찬가지였다.

그들도 혹시 모를 사태에 대비해 대응할 준비를 했다.

그리고 그들이 그런 생각을 끝냈을 때 소녀가 나지막하게 한마디를 했다.

"방출."

슈우욱.

푸화아아아악!

소녀가 만들어낸 빛무리가 이내 성직자들을 향해 쏘아졌다.

거대한 빛줄기가 일직선으로 성직자들을 향했고 그들은 커진 눈으로 방어를 위해 이를 꽉 물었다.

콰콰콰쾅!

빛줄기가 신성 기사들이 만들어낸 헤븐스 쉴드의 방어벽을 강타했다.

"크아악!"

"으헉!"

신성 기사들이 비명을 질렀다.

용암 공격도 힘들었지만 이 정도는 아니었다.

엄청난 힘이 그들을 때렸고 도저히 참기 힘들 정도의 압박감을 느꼈다.

그러다 결국,

"아, 안……"

드드득!

퍼펑!

방어벽에 금이 가더니 산산조각이 났다.

그와 동시에 빛줄기가 성직자들을 덮쳤다.

푸화아악!

아까와는 반대로 이번엔 성직자들이 엄청난 빛에 잠식됐

고 모습을 볼 수 없었다.

슈우욱!

얼마 안 가 빛줄기는 사라졌다.

소냐는 공중에서 내려와 다리 위에 섰고, 새카맣던 모습은 어느새 원래대로 돌아와 있었다.

그리고 성직자들이 있던 자리.

"……."

안드레아는 자신의 눈을 의심했다.

아무도 없었다.

지금까지 막아서고 있던 성직자들이 아무도 없었다.

보이는 거라곤 빛줄기가 지나간 거대한 흔적뿐.

어떻게 이런 상황이 벌어진 것일까.

그 이유는 소냐의 능력 때문이었다.

그녀의 능력은 두 가지였다.

바로 흡수와 방출.

그녀는 모든 힘을 흡수할 수 있었고 흡수한 힘을 다시 방출할 수 있었다.

이것은 모든 종류에 해당하는 것으로 검이든 마법이든 상관이 없었다.

그녀를 공격하는 모든 것이 흡수 가능했고 그것을 그대로 상대에게 돌려줄 수 있었다.

소냐의 피부 색깔이 변한 이유가 흡수를 했다는 증거였고 색이 진해질수록 많은 힘을 흡수했다는 뜻이었다.

저지먼트 오브 갓으로 인해 그녀는 거의 한계치에 도달했었고 그 때문에 피부가 완전히 새카맣게 되었던 것이다.

그리고 그 힘을 다시 성직자들에게 방출시킴으로 해서 적을 처치함과 동시에 원래대로 돌아온 것이다.

"가자."

저지하던 성직자들이 사라지자 로젠블러가 다시 발걸음을 옮겼다.

그는 이런 상황을 이미 예상했다는 듯 전혀 놀라는 기색 없이 담담했다.

그건 다른 이들도 마찬가지였고 오직 안드레아만이 놀라운 상황에 당황스러워할 뿐이었다.

"적들이 침입했다!"

신전으로 들어서자 또 다른 성직자들을 볼 수 있었다.

그들은 로젠블러 등을 보고 크게 경악한 모습을 보였는데 의아하게도 입구에서와 달리 단 한 명도 막아서지 않았다.

적이 자신들의 터전에 침입한 것이니 분노한 마음에 덤벼들 수도 있는데 그런 이는 없었다.

대신 모두 어딘가로 달려갔다.

그래서인지 로젠블러는 성직자들을 봐도 죽이지 않았다.

그냥 그들이 향하는 방향으로 따라갔다.

목적지가 그들이 향하는 곳이라는 듯.

그렇게 거침없이 안으로 진입한 얼마 후 로젠블러가 드디어 발걸음을 멈췄다.

"이, 이건!"

안드레아의 눈이 커졌다.

그녀의 눈앞에 놀라운 것이 목격되었다.

일행이 도착한 곳엔 석상이 있었다. 그것도 아주 거대한 석상.

그 석상은 빛을 내뿜고 있었는데 하늘까지 치솟고 있었다.

신전을 발견하자마자 봤던 그 빛기둥이었다.

이 석상이 빛기둥을 만들어내고 있는 장본인이었던 것이다.

안드레아는 석상을 유심히 바라봤고 이윽고 석상의 정체를 알 수 있었다.

"주신 아이네스."

바로 주신 아이네스의 석상이었다.

석상의 정체를 알자 안드레아의 표정이 굳어졌다.

그녀는 심상치 않음을 느꼈다.

숨겨진 주신의 신전.

이것이 무엇을 뜻하겠는가.

아무도 알아선 안 될 굉장히 중요한 무언가가 숨겨진 것이라 보여지지 않는가.

그 무언가가 바로 이 아이네스 석상이 분명했다.

로젠블러의 표정과 말이 그것을 뜻하고 있었기 때문이다.

"드디어… 드디어 찾아냈구나."

로젠블러는 마치 오랜 고난과 모험 끝에 원하는 것을 찾아낸 사람처럼 만감이 교차하는 얼굴을 하고 있었다. 그가 이런 감정을 보이는 것은 처음이었다.

안드레아는 어찌해야 할지 고민스러웠다.

아이네스 석상은 중요한 물건임이 확실했다.

지금 보이는 현상이나 로젠블러의 행동에서 그것을 느낄 수 있었다.

하지만 그것을 알아도 그녀가 할 수 있는 일은 없었다. 그냥 지켜보는 것밖에.

'저건……'

한데 그 와중 또 다른 것이 눈에 들어왔다.

바로 성직자들이었는데 나머지 성직자들이 석상에 모여 있었다.

그들은 기도인지 주문인지 모를 것을 중얼거리고 있었다.

그 때문인지 모르겠지만 그들 주변에는 결계 같은 것이 쳐진 상태였다. 그 결계로 인해 로젠블러와 수하들은 더 이상 다가가지 못하고 있었다.

"공격하라."

로젠블러의 명령에 수하들이 나섰다.

터터팅!

쿠쿵!

공격은 모두 결계에 막혔다.

투명한 유리가 막고 있는 것처럼 진동만 줄 뿐 생채기 하나 생기지 않았다.

하지만 그럼에도 공격을 멈추지 않았다.

로젠블러가 그것을 보며 말했다.

"석상의 힘이 더해졌군. 시간이 좀 걸리겠구나."

혼잣말처럼 한 것이었지만 안드레아는 알 수 있었다. 바로 자신에게 한 말인 것임을.

"눈앞에 목적했던 것을 두니 조급함이 들지만 참아보자꾸나. 오랜 시간을 기다려 왔는데 이 정도를 못 기다릴까."

로젠블러는 이윽고 고개를 안드레아를 향해 돌렸다.

그에 안드레아는 자신도 모르게 움찔했다.

그것을 보고 로젠블러가 미소를 지었다.

"그 이후 네가 나서면 된다. 네 몸 안에 있는 그것이 세상을 바꾸게 될 것이야."

"……."

이내 로젠블러의 시선은 거둬졌다.

하지만 안드레아의 표정은 더욱 굳어져 펴질지 몰랐다.

로젠블러의 말이 그녀의 머릿속을 뒤흔들었기 때문이다.

'세상을 바꾼다.'

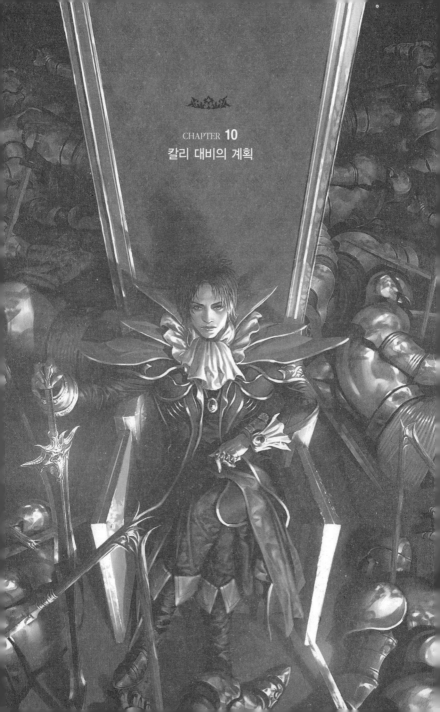

CHAPTER **10**
칼리 대비의 계획

죽은 자들의 왕

아즈라 왕국의 수도 솔라즈.

어두운 밤. 왕궁 어느 밀실에 사람들이 모여 있었다.

왕궁 안에서, 그것도 은밀하게 모인 것으로 보아 좋은 의도
가 있어 보이지는 않았는데 얼굴 면면을 보니 전부 범상치 않
은 신분을 가진 자들이었다.

에드리언 일왕자와 델핀 이왕자.

왕국의 권력자이자 두 왕자의 외조부인 브랜던 공작과 타
일러 공작.

참모인 캐플런 백작과 딜란까지.

그 외에도 일왕자파와 이왕자파의 중요 인물들이 밀실에

자리하고 있었다.

그 모습은 놀라운 것이었다. 언제나 으르렁거리던 두 집단이 어찌 이렇게 한 자리에 모였단 말인가. 믿기 힘든 모습이었다.

"으음……."

"휴우……."

그런데 그들의 얼굴이 그다지 좋지 못했다. 무엇 때문인지 심각한 표정에 한숨까지. 모두 무언가 걱정이 있는 듯한 모습이었다.

"이렇게 모였으니 대책을 상의해 보도록 하지요. 어느 분부터 말씀해 보시겠습니까?"

"……."

모두 자리했음에도 밀실이 조용하자 캐플런 백작이 나섰다. 대화를 이끌어보려 한 것이다.

하지만 말을 하는 자가 없었다. 모두 얼굴만 굳힌 채 침묵에 빠져 있었다.

'휴우.'

그에 캐플런 백작 역시 속으로 한숨을 쉬었다. 그는 일상에서 당연해진 것처럼 한숨이 잦아진 상태였다.

'어찌 일이 이렇게 돼버렸단 말인가.'

사실 얼마 전까지만 해도 이들의 모습은 이렇지 않았다. 얼굴엔 웃음이 떠나지 않았고, 기대와 함께 밝은 미래를 꿈꾸고 있었다. 한데 하나의 소식이 그들을 이런 모습으로 만들어 버린 것이다.

사실 시작부터 보면 좋았던 것은 아니다.

왕실 회의 사건으로 감옥에 갇혔었던 일왕자파와 이왕자파 모두가 느낀 감정은 어처구니없음을 비롯한 당황스러움이었다.

당시 맥기본 왕이 나타날 거라곤 상상도 하지 못했기에 두 집단 모두 패닉에 빠질 수밖에 없었고 제대로 반항도 하지 못하고 감옥에 끌려갔었다.

이후 그들은 감옥에서 오랜 시간을 보내며 오만 감정을 느꼈다. 잘못을 알면서도 신분이 신분인지라 그들은 불만과 억울함을 느꼈지만 감히 불평을 하지 못했다. 맥기본 왕이 어떤 사람인지 알기 때문이다.

감히 억울하다 불평이라도 했다가는 가차 없이 목을 벨 사람이 바로 맥기본 왕이었다.

해서 이러지도 저러지도 못하고 있었는데 어느 날 갑자기 감옥에서 풀려났다.

믿기지 않는 소식과 함께.


맥기본 국왕 전하께서 돌아가셨습니다!


일왕자와 이왕자파엔 너무나도 갑작스런 소식이었다.

온전히 돌아와 예전 모습을 보였던 맥기본 왕이었기에 그가 죽을 거라곤 상상도 못 한 것이다.

충격도 충격이지만 소식을 듣고 두 파벌이 가장 먼저 느낀 감정은 당혹스러움과 다급함이었다.

그토록 기다리던 순간이 너무나 갑작스럽게 닥치니 놀람과 동시에 조급해진 것이다.

하지만 이어진 소식에 그들의 감정은 절망으로 채워지고 말았다.


그리고 왕위는 로즈 공주 마마께서 계승하셨습니다.


충격!

경악!

그 기분은 말로 표현할 수 없었다.

어찌 그런 일이 벌어질 수 있단 말인가.

어떻게 로즈 공주가 왕위에.

왕위를 차지하기 위해 수많은 싸움을 해왔던 두 파벌이었다.

그런데 일왕자나 이왕자가 생각도 하지 않았던 로즈 공주라니.

그들의 감정은 곧 당황에서 분노로 바뀌었고 당장 로즈 여왕을 찾아갔다.

분노 가득한 모습에 당장에라도 로즈 여왕을 끌어내리려던 두 파벌은 그녀 앞에 서자 굳어지고 말았다.

로즈 여왕은 더 이상 혼자가 아니었다.

중립파가 어느새 여왕파가 되어 자리를 하고 있었던 것이다. 그것도 그들이 올 줄 알았다는 듯 왕위를 로즈 공주가 계승하게 한다는 맥기본 왕의 첩지까지.

그것을 보자 두 파벌은 일이 완전히 잘못됐음을 알았다. 자신들이 없는 사이 로즈 여왕과 여왕파가 완전히 정권을 장악한 것이다.

'당했구나.'

그제야 두 파벌 모두가 깨달았다.

이 모든 것이 맥기본 왕의 계획이었음을.

처음부터 맥기본 왕은 로즈 공주에게 왕위를 물려줄 생각이었고 왕실 회의 사건은 그 빌미를 마련해 준 것밖에 되지 않았다는 것을.

그 의도를 알게 된 일왕자와 이왕자는 크게 분노했지만 더이상 어쩔 도리가 없었다. 왕위는 이미 계승되었기 때문이다.

결국 에드리언 일왕자와 델핀 이왕자는 왕자의 칭호를 더이상 쓸 수 없게 되었다.

그들은 이제 에드리언 공작과 델핀 공작이 된 것이다.

두 사람은 왕자 칭호를 잃은 상실감에 며칠 동안 두문불출하며 아무도 만나지 않았다.

하여튼 그런 일이 있었음에도 두 파벌의 귀족은 포기하지 않았다. 아니, 포기할 수 없었다. 지금까지 해온 것이 있는데 어찌 포기하겠는가. 그리고 그건 공작이 된 에드리언, 델핀 두 사람도 마찬가지였다.

두 파벌은 억울하게 왕위를 빼앗겼다 생각했기에 재기를 노렸고, 권력을 찾기 위해 노력했다.

그러나 쉽지 않았다.

이제 로즈 여왕은 혼자가 아니었다. 권력을 잡고 있는 여왕파가 그녀를 도왔고, 두 파벌을 견제했다.

그 때문에 이전과 같은 영향력을 행사하기는 어려워졌다. 그나마 두 파벌이 외적인 힘은 더 강하기에 밀려나지 않고 버틸 수 있었다.

그렇게 잠시 어려운 시간을 보내던 중 얼마 지나지 않아 두 파벌은 자신들에게 희망이 있음을 알게 되었다.

그들은 맥기본 왕이 죽은 것이나 대륙 전쟁이 발발한 것에 시선을 빼앗겨 한 가지를 잊고 있었다.

바로 데미안 대공의 존재.

로즈 여왕이 데미안과 결혼했다는 소식을 들었을 때 두 파벌은 어처구니가 없었다. 호위를 하던 일개 기사가 왕족과 혼인을 하다니 말도 안 되는 사건이었다. 절대 있을 수 없고 있어서도 안 되는 일이었다.

하지만 이미 맥기본 왕의 주도하에 벌어진 일이기에 그들이 어찌할 수는 없었다. 할 수 있는 거라곤 기분 나빠도 모른 척하는 것뿐이었다. 거기에 더해 속으로 그런 데미안과 결혼한 로즈 여왕을 천하고 상스럽다 비하하는 것이 다였다.

그런데 그런 데미안이 맥기본 왕과 연합 회담에 갔다가 실종 상태이지 않은가.

말이 실종이지 사람들은 모두 알고 있었다.

데미안 역시 살해됐다는 것을.

시신이 없어 실종으로 보고 있지만 맥기본 왕과 마찬가지로 그 역시 죽은 것이 확실하다 여겼다.

그것은 하나를 의미했다.

바로 후사를 볼 수 없다는 것.

그것은 엄청난 것을 의미했다.

로즈 여왕에게 후사가 없다면 다음 왕위를 에드리언이나 델핀이 차지할 수 있기 때문이다.

그것을 깨닫자 에드리언과 델핀을 비롯한 두 파벌의 귀족들은 들뜨기 시작했다. 로즈 여왕만 처리하면 어떻게든 왕위를 차지할 기회가 생기기 때문이다.

물론 대단히 어려운 일이었다. 이전과 달리 여왕파가 철저하게 그녀를 보호하고 있었기에 기회를 찾기 힘들었다. 더구나 현재 대륙은 전쟁 중이었기에 섣부른 행동 또한 할 수가 없었다.

하지만 언젠가 기회는 오리라 여겼고 기쁜 마음으로 기다리고 있었다.

바로 얼마 전까진.

그런데 왕국 내에 하나의 소식이 발표되었다.


아즈라 왕국의 백성에게 뜻 깊은 소식을 공표하노라. 우리의 여왕 전하께서 회임을 하셨도다. 모두 기쁜 마음으로 여왕 전하와 태어날 아기씨를 축복하여라.


청천벽력이었다.

에드리언과 델핀 두 파벌의 귀족 모두 입이 벌어져서는 아무 말도 하지 못했다.

후사가 없기에 왕좌를 기대하지 않았는가.

그런 상황에 회임이라니.

그들은 믿기지 않았다. 남편인 데미안 대공도 없는데 어떻게 로즈 여왕이 임신을 한단 말인가.

두 파벌은 공표가 사실인지 수소문했고 얼마 안 가 진짜임을 알게 되었다.

데미안 대공은 결혼식을 올리고 단 며칠 만에 맥기본 왕과 연합 회담을 위해 아즈라 왕국을 떠났다. 바로 그 단 며칠 사이에 로즈 여왕이 임신을 한 것이다.

모두 망연자실했다.

로즈 여왕이 회임을 하면 이야기가 달라진다.

이제 에드리언과 델핀에게 왕위 계승권은 없어졌다. 아기씨가 생기면서 계승권이 다음 세대로 넘어갔기 때문이다. 로즈 여왕이 잘못된다 해도 그들에 자격이 없는 것이다.

바로 그런 사실 때문에 두 파벌은 완전히 초상집이 되었고 얼굴에 지어졌던 미소가 완전히 사라지게 된 것이다.

오늘 이 자리에 두 파벌이 모인 것도 로즈 여왕 회임에 대한 대책을 강구해 보자는 것인데 아무도 말이 없다. 대책이 있을 수가 없으니까.

캐플런 백작은 아무도 말이 없자 시선을 이왕자의 참모인 딜란으로 향했다. 아무래도 같은 참모인 그부터 이야기를 시작하는 게 좋을 듯했다.

"딜란, 회임 공표 후 왕국의 분위기는 어떤가?"

눈치 빠른 딜란이 의도를 알고는 조사한 것을 말했다.

"말할 것도 없이 모든 관심이 로즈 여왕에게 몰려 있습니다. 그동안 전쟁 발발이나 맥기본 선대 국왕의 죽음 등 안 좋은 일만 가득했기에 로즈 여왕의 회임에 더 주시를 하는 양상을 보이더군요. 어떤 자들은 맥기본 국왕의 죽음과 맞물려 그분이 다시 태어나 아즈라 왕국을 지켜줄 거란 말까지 떠들고 있다 합니다."

"허."

귀족들은 어처구니없다는 반응을 보였다. 시간으로 따지

면 맥기본 왕의 죽음보다 아기가 먼저 잉태됐기 때문이다.

하지만 그럼에도 백성들의 그런 반응을 이해했다. 사람이란 것이 어려운 일이 닥치면 작은 희망에도 의미를 부여해 심적으로 벗어나고 싶어 하기 때문이다.

딜란이 이야기를 시작하자 이내 다른 이들도 대화를 시도했다.

"로즈 여왕 쪽은 어떻소?"

"여왕파의 철두철미한 경계 속에 안정을 취하고 있소. 실종이라 말은 하지만 부군인 데미안 대공이 죽은 것을 그녀도 알고 있기에 심적으로 좋지 않은 모양이오. 아기까지 가졌으니 아마도 슬픔은 더 하지 않겠소."

"음."

그 말에 두 파벌의 귀족들은 그녀가 유산이라도 하기를 바랐다. 그럼 커다란 문제가 사라지기 때문이다.

그 생각을 읽었다는 듯 캐플런 백작이 말했다.

"로즈 여왕의 심리 상태가 좋지 않지만 유산이 될 확률은 적을 것으로 보오이다. 여왕파가 한시도 떨어지지 않고 보호하는 것은 물론 신성 교단의 사제까지 불러 축복을 내리고 있으니. 만약의 사태는 기대하지 않는 것이 좋을 것이오."

"커험."

"크흠……."

그에 귀족들은 헛기침을 하며 고개를 돌렸다.

그때 일왕자였던 에드리언 공작이 물었다.

"그럼 그녀를 처리할 방법이 전혀 없다는 것인가?"

에드리언의 말은 직설적이었다.

대놓고 처리한다는 말을 썼다.

그 말에 귀족들은 움찔했지만 듣지 못한 척했다. 이전에야 로즈 공주를 함부로 말할 수 있었지만 지금은 아니었다. 이젠 한 나라의 국왕이기 때문이다. 국왕을 처리한다고 말하는 건 곧 반역에 해당하는 것이었기에 아무리 은밀해도 그런 말은 절대 할 수 없었다.

'쯧쯧.'

이왕자였던 델핀 공작은 그런 에드리언을 한심하게 바라 봤다. 그 역시 못마땅하지만 경솔하게 저런 말을 내뱉지는 않 았다.

에드리언의 참모인 캐플런 백작은 얼굴을 살짝 굳혔다. 왕 위가 완전히 좌절된 후 에드리언이 변한 걸 느끼고는 있었지 만 델핀 파벌이 있는 장소에서까지 이런 모습을 보일 줄은 생 각지 못했기 때문이다.

그는 헛기침으로 마음을 추스르고는 대답했다.

"크음, 현재로썬 그렇습니다. 어쌔신을 침투시키는 건 물 론이고 독살도 불가능합니다. 그리고 지금 상황에는 움직이 지 않는 것이 좋습니다. 연이은 환난으로 국왕이 잘못되면 나 라의 기틀이 무너질 수 있는 지경에까지 이르렀기 때문입니다. 또한 로즈 여왕이 잘못되면 그 모든 화살이 저희 두 파벌에 집중될 것이기에 지금은 다른 생각을 품는 것이 좋지 않을 듯싶습니다."

"허!"

에드리언은 어처구니없다는 반응을 보였다.

쳐 죽여도 시원찮을 로즈 여왕을 오히려 걱정해야 할 처지라니 어이가 없는 것이다.

다른 이들도 마찬가지였다. 하지만 에드리언처럼 대놓고 반응을 보이지는 않았다.

결국 듣고만 있던 델핀 공작도 입을 열었다.

"그럼 아무것도 할 수 없다는 건데 도대체 오늘 여기에 왜 모이자고 한 것인가?"

그의 얼굴에 짜증이 서려 있었다. 대책이라도 있을까 싶어 참석했더니 아무것도 못 한다 하니 화가 나지 않을 수 없는 것이다.

"그건……."

캐플런 백작의 시선이 옆에 앉은 브랜던 공작을 향했다. 오늘 모임을 주최한 사람이 그이기 때문이다.

그에 사람들의 시선도 브랜던 공작을 향했다.

"내가 모임을 주최했지만 모이게 한 것은 내가 아니네. 곧 그분이 오실 테니 기다려 보게."

"……."

그 말에 사람들의 표정이 살짝 변했다.

브랜던 공작이 말을 높인다는 건 그보다 높은 신분을 가진 사람이 명령을 내렸다는 것 아닌가. 왕국에 그럴 만한 사람은 손에 꼽을 정도였다.

사람들은 누구인지 머릿속으로 떠올려 봤다. 몇몇이 떠오르긴 했지만 확신은 하지 못했다.

시간은 더더욱 흘러갔다.

생각보다 브랜던 공작이 말한 사람은 나타나지 않았고 사람들은 기다림에 지쳐 갔다. 하지만 그럼에도 누구 하나 불평하지 않았다. 말하지 않아도 상대의 신분이 범상치 않을 것임을 알기 때문이다.

그렇게 한 시간 정도가 지났을까.

"오셨습니다."

밖에서 도착했다는 전갈이 들려왔다.

그에 사람들의 시선이 문을 향했고 얼마 가지 않아 문이 열리며 한 사람이 들어섰다.

"헉!"

벌떡!

그 사람을 보자마자 자리에 앉아 있던 모든 이가 즉시 자리에서 일어섰다.

그리고는 모두 놀라서 커진 눈으로 급히 예를 취하더니 읍했다.

"대비 마마를 뵈옵니다!"

그렇다.

그 사람의 정체는 놀랍게도 바로 칼리 대비였다.

왕비였던 칼리는 맥기본 왕의 죽음과 로즈 여왕의 즉위로 이젠 대비가 되었다.

칼리 대비의 등장에 밀실에 있던 모두가 놀랐다.

예상을 한 이가 몇몇 있기는 했지만 진짜 나타날 줄은 상상도 못 한 모양이었다.

"어, 어마마마."

그중 가장 놀란 사람은 바로 에드리언 공작이었다.

에드리언 공작은 자신의 어머니인 칼리 대비를 가장 무서워했다. 그 때문에 거친 모습을 보이던 그의 행동은 어느새 겁먹은 어린아이가 되었다.

칼리 대비는 그런 아들에게 시선조차 주지 않고 가장 상석에 앉았다.

대비의 등장으로 사람들은 다시 자리에 앉지 못했다.

단 네 명. 에드리언, 델핀, 브랜던, 타일러 공작들을 제외하고 말이다.

"……."

자리에 앉자 칼리 대비는 밀실 안을 스윽 훑었다.

그 시선에 귀족들 누구도 눈을 마주하지 못했다. 아비인 브랜던 공작을 빼고.

"그동안 강녕하셨는지요, 아버님."

"저야 그럭저럭 지냈습니다, 마마. 감옥에서 나온 후 몸이 조금 약해지긴 했지만 지금은 괜찮아졌습니다."

"다행이군요. 그때는 도와드리지 못해 죄송합니다. 맥기본 전하께서 나서시는 바람에 저도 어찌할 수가 없었답니다."

"허허. 제가 어찌 그걸 모르겠습니까. 다 이해하니 괘념치 마시지요."

"그리 생각해 주신다니 감사드려요."

대비의 안부는 브랜던 공작이 처음이자 마지막이었다. 타일러 공작이나 델핀 공작은 물론이고 아들인 에드리언 공작에게도 시선을 주지 않았다.

에드리언은 오히려 그것이 편했다. 그는 어머니의 시선조차 마주 보기 무서웠기 때문이다.

델핀 공작과 타일러 공작도 칼리 대비와는 껄끄러운 관계기에 아예 모른 척하는 것이 편했다.

칼리 대비는 즉시 본론으로 들어갔다.

"브랜던 공작에게 연통을 넣어 이렇게 여러분을 모이게 한건 최근 공표된 하나의 소식 때문입니다. 모두 그 소식이 뭔지는 알고 있겠지요?"

"예, 마마."

당연히 모두 알고 있었다. 방금 전까지 로즈 여왕에 대해 이야기하고 있었지 않은가.

"여러분 모두 그 때문에 낙담을 하고 있음을 알고 있습니다. 들리기에는 대처할 방법이 없어 고심에 또 고심을 한다던데. 사실인지요?"

그녀의 말에 답할 사람은 브랜던 공작밖에 없었다. 공작이 말했다.

"송구하지만 그렇습니다. 뭐라 드릴 말씀이 없습니다, 대비 마마."

"괜찮습니다. 하면 제가 생각한 방책을 알려주어도 되겠군요."

"……!"

순간 사람들의 눈이 커졌다.

방책이라니. 자신들이 생각하지 못한 방책을 대비는 생각을 했단 말인가.

브랜던 공작이 급히 물었다.

"대비 마마, 지금 뭐라 하셨습니까? 방책을 알려주신다 하셨습니까?"

"예, 아버님. 그걸 알려 드리기 위해 오늘 이리 모이라 한 겁니다."

"으음."

칼리 대비의 말에 눈빛이 변했다. 모두의 시선이 그녀를 향했고, 기대감이 맺혀 있었다.

브랜던 공작이 고개를 끄덕였다.

"어떤 방책인지 말씀해 주시지요. 고견을 듣겠습니다."

"알겠습니다. 무엇이냐 하면……."

칼리 대비는 방책을 이야기하기 시작했다.

조용히 이야기를 듣던 귀족들의 표정이 서서히 변했다. 그러더니 잠시 후엔 얼굴에 미소가 지어지는 것이 아닌가.

얼마 지나지 않아 이야기가 끝나자 브랜던 공작이 크게 웃음을 터뜨렸다.

"하하하하. 마마, 정말 대단하십니다. 어찌 그런 방책을 생각하셨단 말입니까."

"별말씀을요. 대단치 않습니다."

"대단치 않다니요. 절대 그렇지 않습니다. 참으로 뛰어난 고견이라 생각합니다."

어떤 방책인지는 모르나 브랜던 공작은 과할 정도로 칭찬했다.

하지만 그것을 가지고 뭐라 하는 이는 아무도 없었다. 모두 같은 생각이었기 때문이다.

하다못해 대립했던 타일러 공작과 델핀 공작도 감탄한 모습을 보였다.

칼리 대비가 말했다.

"언제 실행에 옮기시겠습니까?"

그에 브랜던 공작의 시선이 타일러 공작과 델핀 공작을 향했다. 이 일은 두 파벌이 힘을 합쳐야 가능했다. 그렇기 때문에 칼리 대비가 이들 모두를 부른 것이고, 브랜던 공작이 눈으로 의도를 묻는 것이다.

타일러 공작이 답했다.

"빠를수록 좋은 것 아니겠습니까? 바로 내일 당장 움직이는 것이 어떤지요?"

브랜던 공작이 에드리언 공작을 바라봤고 그에 에드리언은 고개를 끄덕였다. 그 역시 동의하는 것이다.

"좋습니다. 그럼 내일 왕실 회의에서 안건을 건의하지요. 우리 두 파벌이 함께한다면 로즈 여왕과 여왕파도 어쩌지 못할 겁니다."

"알겠소이다."

두 파벌은 서로를 바라보며 고개를 끄덕였다. 어떤 일을 꾸미는지 모르겠지만 자신감이 가득했다.

합의가 끝나자 칼리 대비가 자리에서 일어났다.

"이야기가 끝난 것 같군요. 전 그럼 그리 알고 가도록 하지요."

그에 브랜던 공작 등도 자리에서 일어나 예를 취했다.

"예, 마마. 들어가십시오."

칼리 대비는 이내 신형을 돌려서는 왔을 때처럼 조용히 사라졌다. 돌아가면서도 그녀는 끝까지 에드리언 공작에게 시선을 주지 않았다.

대비가 돌아갔지만 두 파벌은 바로 헤어지지 않았다. 로즈 여왕과 여왕파를 상대할 방책을 찾았으니 세세한 계획을 세워야 하기 때문이다.

그들은 어떻게 진행할지 이야기를 나눴고, 그것이 끝나고 나서야 모두 밀실을 나섰다.

그리고 그날 밤.

내일 왕실 회의에 참석할 두 파벌의 귀족들에게 은밀한 서신이 전해졌다.

늦게 서신을 전해 받은 귀족들은 얼굴을 찌푸렸지만 그것이 펴지는 데 오랜 시간이 걸리지 않았다.

다음날 아침. 왕실 회의를 위해 저택을 나서는 두 파벌 귀족들의 얼굴엔 미소가 지어져 있었다.

CHAPTER **11**
브랜던 공작의 안건

죽은 자들의 왕

웅성웅성!

시끌시끌!

아즈라 왕궁의 대전.

수많은 귀족들이 모여 왕실 회의를 기다리고 있었다.

현재 왕실 회의는 거의 매일 진행되다시피 하는 중이었다.
전쟁이 한창이니 전장의 상황과 그에 따른 지원에 대한 회의
가 매일 열리고 있었던 것이다.

언제나 그렇지만 회의가 시작되기 전 귀족들은 어제 했던
이야기나 전장 소식 등에 대해 대화를 나눴는데, 오늘은 조금
분위기가 달랐다.

평소에는 심각한 표정이 대부분이었는데 오늘은 왠지 묘한 미소를 짓고 있었다. 특히 에드리언 공작파와 델핀 공작파가 그랬는데 로즈 여왕파는 그것을 감지하지 못했다. 평소와 다를 바 없다 여긴 것이다.

시간이 흘러 에드리언 공작과 델핀 공작이 자리를 했다. 그러자 마지막으로 로즈 여왕이 나타났다.

"여왕 전하께서 납시옵니다!"

그에 대전에 있던 모든 이가 자리에서 일어나 예를 취했다. 곧 대전 문이 열렸고 로즈 여왕이 걸어 들어왔다.

"전하를 뵈옵니다!"

모습을 드러낸 로즈 여왕은 결혼 전과 많이 달라져 있었다. 혼인을 해서인지 앳되던 모습은 더 이상 보이지 않았다. 대신 기품과 고상한 기운이 은연중 풍겼고, 당당함과 위엄이 자리를 잡고 있었다.

그녀는 이내 왕좌에 앉았다.

"모두 자리에 앉으세요."

그녀의 명이 떨어지자 그제야 귀족들은 다시 자리에 앉았다. 그 모습이 너무 자연스러워 어색함이 없었다.

"그럼 지금부터 왕실 회의를 시작하도록 하겠습니다."

이윽고 왕실 회의가 시작했고 언제나처럼 각 전장의 상황에 대한 설명이 이어졌다.

전장은 어려운 곳도 있었고 그렇지 않은 곳도 있었다. 그런 상황에 맞춰 병력 이동이나 지원에 대한 이야기로 귀족들은 설전을 벌였고 마지막 로즈 여왕의 선택에 따라 결정이 되었다.

회의는 오래 지속되었다.

전시 상황이어서 각 전장으로부터 계속 보고가 올라왔기 때문에 언제나 회의 시간은 일정치가 않았다.

그래도 끝은 있는 법. 어느덧 회의를 마무리하는 분위기가 흘렀다.

그것을 감지하고 회의를 진행하던 여왕파의 맥퍼슨 자작이 물었다.

"전하, 더 이상의 진행할 만한 안건이 없는 듯한데 오늘은 이만 끝내는 것이 어떻겠습니까?"

로즈 여왕도 느끼고 있던 터라 그러라 말하려 했다.

그런데 그때,

"전하, 소신이 안건 하나를 건의해도 되겠습니까?"

갑자기 브랜던 공작이 자리에서 일어나더니 발언을 하는 것이 아닌가.

회의 중 브랜던 공작이 나서는 경우는 거의 없었기에 로즈 여왕은 의아했다. 그의 발언을 특별히 막을 이유가 없기에 로즈 여왕은 승낙했다.

"해보세요."

"감사합니다."

브랜던 공작은 고개를 숙이며 예를 취하고는 대전의 귀족들을 주욱 훑으며 말문을 열었다.

"모두 아시다시피 우리 아즈라 왕국은 현재 외적으로 많은 어려움을 겪고 있습니다. 대륙 전쟁이 발발하기 전부터 서국 연합의 공격을 받았고, 상업 국가로서의 활동에 제약을 받고 있습니다. 중요한 건 그 여파가 왕실에까지 미쳐 선대 국왕인 맥기본 전하까지 목숨을 잃었다는 겁니다."

사람들은 고개를 끄덕였다. 모두 사실이기 때문이다.

"이런 때일수록 왕국은 내실을 다져야 하고 기반이 흔들리지 않도록 조심해야 합니다. 그것을 위해선 왕국의 토대가 되는 왕실에 문제가 생겨선 안 되는데, 지금 한 가지 문제가 있습니다. 바로 국서의 부재입니다."

국서, 즉 여왕의 남편을 뜻하는 그 단어에 로즈 여왕과 여왕파 귀족들의 눈빛이 변했다.

브랜던 공작이 국서를 거론하는 것에 불길함을 느낀 것이다.

"현재 국서인 데미안 대공은 실종 상태입니다. 연합 회담에 참석했다가 군주 학살 사건에 휘말려 종적을 찾을 수 없게 되었지요."

로즈 여왕의 눈동자가 흔들렸다.

무표정을 유지하던 그녀가 처음으로 감정을 드러냈다.

"국서는 나라에서도 중요한 위치입니다. 남자이니 국모에

비할 바는 아니지만 여왕 전하의 반려자로서 흔들리지 않는 기둥 같은 존재라 할 수 있습니다. 어려운 상황에 여왕이 기댈 수 있는 버팀목인 것이지요. 즉 한마디로 절대 비어서는 안 되는 자리인 것입니다."

"으음, 그렇지."

사람들은 동의했다. 틀린 말이 아니었다.

하지만 로즈 여왕의 표정은 더욱 굳어졌다.

"그런데 지금 우리 아즈라 왕국의 국서 자리가 몇 달째 공석인 상태입니다. 이것은 큰 문제가 아닐 수……."

그때였다. 말하던 와중 여왕파의 수장 로드리오 공작이 자리에서 일어나더니 언짢은 얼굴로 말했다.

"브랜던 공작, 함부로 말하지 마시오. 공석이라니. 데미안 대공께서는 실종된 것이지 돌아가신 것이 아니오."

"아!"

그에 브랜던 공작은 미처 생각지 못했다는 듯 즉시 로즈 여왕에게 사과했다.

"이런. 전하, 소신이 실언을 했사옵니다. 언짢으셨다면 송구하옵니다. 용서하시옵소서."

"……."

로즈 여왕은 답하지 않았다. 차가운 눈빛으로 공작을 내려다볼 뿐이었다.

'훗.'

그 모습에 브랜턴 공작은 속으로 오히려 미소를 지었다. 로즈 여왕이 흔들리고 있다는 증거기 때문이다.

이윽고 그는 말을 이었다.

"데미안 대공께서 실종 상태인 것은 마음이 아프나 국서의 자리가 비어 있는 것은 큰 문제입니다. 또한 대공께서 언제 돌아올지 장담을 하기 힘든 상황에서 계속 비워둘 수는 없는 일이지요. 해서 저는 문제를 해결해야 한다고 말씀드리고 싶습니다."

여왕을 비롯한 사람들의 시선이 집중됐다.

드디어 본론을 꺼내려는 것이다.

"전하, 새로운 국서를 맞이하시는 것이 어떻습니까?"

"뭐라?"

웅성웅성!

로드리오 공작의 얼굴이 확 굳어졌다.

로즈 여왕과 다른 이들도 마찬가지였고, 대전은 순식간에 시장 바닥처럼 시끄러워졌다.

꾸욱!

로즈 여왕이 주먹이 하얘지도록 꽉 쥐었다.

새로운 국서를 들이라는 건 결국 다시 결혼을 하라는 말 아닌가.

그녀는 너무 화가 나 몸이 부들부들 떨렸다.

남편인 데미안이 있는데 이런 말을 한다는 건 그녀를 모욕하는 것이나 마찬가지였다.

그녀는 화가 난 눈빛으로 입을 열었다.

"브랜던 공작, 그대가 지금 본왕을 모욕하는 것이오? 감히 엄연히 부군이 있는 내게 또 다른 혼인을 하라니."

브랜던 공작은 로즈 여왕의 반응을 예상했다는 듯 담담하게 답했다.

"그럴 리가 있겠습니까. 전 당연히 해야 할 일을 말씀드리는 겁니다."

"당연하다고?"

로즈 여왕의 눈빛이 더욱 매서워졌다.

"그렇습니다, 전하. 여왕이시니 여자의 입장에서 생각하시면 모욕적이라 생각되실 수도 있습니다. 한 여인에게 여러 명의 남편을 가지게 한다? 말도 안 되는 일이지요. 하지만 왕의 입장에서 생각해 보십시오. 이것은 당연히 드려야 할 조언이 아닐 수 없습니다."

'왕의 입장?'

로즈 여왕의 얼굴에 잠시 의문이 서렸다. 여자의 입장이든 왕의 입장이든 다를 게 뭐가 있단 말인가.

잠시 그런 생각이 들었지만 곧 그녀의 표정이 서서히 변하기 시작했다. 다른 점을 깨달은 것이다.

여자는 두 명의 남편을 가지지 않지만 왕은 두 명 이상의 부인을 가진다는 점이다.

왕은 정실인 왕비 외에 첩인 빈도 맞이한다. 그 이유는 나라의 안정을 위해서였다.

나라의 안정에는 여러 가지가 요구되는데 먼저 가장 우선시 되는 것은 후사였다.

후사가 없는 나라는 왕권에 혼란과 분열이 오고, 그것은 나라의 안정을 장담할 수 없게 한다. 때문에 후사는 나라의 굉장히 중요한 부분으로서 가장 우선시 여겨졌다.

다음은 세력 간의 균형이었다. 어느 나라든 구조적으로 세력은 둘 이상이 존재했다. 왕은 그 세력들을 잘 조율해 나라를 이끌어 나가야 했고, 그것이 곧 왕의 임무였다. 그러기 위한 가장 좋은 방법이 바로 혼인이었다. 혈연으로 인한 인간관계는 믿음과 신뢰를 줬고, 때문에 고대로부터 혼인은 가장 선호되는 방법이었다.

그 외에도 몇 가지가 더 있지만 앞의 두 가지가 가장 결정적인 이유였고, 브랜던 공작은 그것을 말한 것이었다.

그 의미를 알자 로즈 여왕은 잠시 말문이 막혔다.

그때 로드리오 공작이 나섰다.

"공작이 무얼 말하려는지 알겠소. 하지만 이건 경우가 다르오. 아무리 왕이라지만 어찌 남자와 여자가 같을 수 있단 말이오?"

"왜 같지 않단 말이오. 한 나라의 왕으로서 남자든 여자든 다를 것은 전혀 없소."

"그렇지 않소. 후사에 관한 것만 예를 들어도 남자 왕은 책무를 보는 데 어려움이 없소. 하지만 여왕은 후사를 잉태하게 되면 업무에 곤란을 겪게 되는 상황이 발생하지 않소."

"맞소이다!"

여왕파 귀족들은 맞다는 듯 고개를 끄덕여 호응했다.

"더구나 국왕이라 해도 여인의 몸으로서 어찌……."

로드리오 공작은 말을 하던 중 로즈 여왕의 눈치를 살폈다. 여왕 앞에서 차마 하기 어려운 말을 꺼내야 하기 때문이다. 하지만 상황상 하지 않을 수 없기에 그는 말을 이었다.

"크흠… 여러 남자와 몸을 섞을 수 있겠소. 오히려 그것은 국왕의 체면을 깎는 것이고 타국의 손가락질을 받을 일이오. 하니 이건 있을 수도, 있어서도 안 되는 일이오."

"……."

로즈 여왕은 눈을 감았다.

그녀는 로드리오 공작의 발언이 어쩔 수 없는 것임을 알지만 여인으로서 참기 힘들었다. 여인의 몸으로 왕이 되었기에 이런 수모를 겪고 있다 여겼다.

'후후. 예상대로구나.'

브랜던 공작은 속으로 미소를 지었다.

상황은 칼리 대비가 말한 대로 흘러가고 있었다. 자신들의 의견을 피력하기 위해 여왕파가 알아서 여왕의 체면을 깎아내리고 있는 것이다.

그들은 새로운 국서가 뽑힌다 하더라도 여왕과 잠자리를 가지는 걸 기대하지 않았다. 최고의 권력자인 여왕이 거부한 다면 누가 강제할 수 있겠는가. 때문에 애초에 그런 점에 대해선 생각조차 하지 않았다.

두 파벌이 노리는 건 국서의 존재였다.

현재 두 파벌은 여왕파의 견제에 권력층에 파고들 여지를 찾지 못하고 있었다. 그런 상황에서 국서가 자신들의 파벌이면 어떻게 되겠는가.

여왕의 남편인만큼 국서의 영향력은 상당했고, 큰 힘을 가지고 있었다. 여인으로 치면 왕비나 빈과 똑같은 것이기에 그 권력이 작지 않았다.

때문에 국서가 한편이 되면 그 파벌은 더욱 권력층에 가까워지는 것이고 큰 영향력을 행사할 수 있게 되는 것이다.

'하지만 진짜 목적은 다른 것이지.'

로즈 여왕과 여왕파가 국서 문제로 인한 권력 분산을 걱정하고 있는데, 사실 국서는 진짜 목적의 디딤돌에 불과했다. 그들은 숨겨진 진실을 알지 못했다.

두 파벌이 진짜 원하는 것은 국서 정도는 아무것도 아니라할 수 있었고 만약 그것을 알게 된다면 로즈 여왕과 여왕파는 아마 지금보다 더 심각해지리라.

이내 브랜던 공작은 반박했다.

"손가락질이라니. 아마 그럴 일은 없을 것이오. 왜냐하면 이미 다른 나라에 사례가 존재하기 때문이오."

"사례?"

로드리오 공작의 표정이 변했다.

"그렇소. 우리 이전에 다른 나라도 여군주가 존재했소. 릭카즈 왕국이나 라베 왕국, 노미디스 제국 등이 그 예지. 그 세 나라의 여군주 모두 여러 명의 남편을 거느렸소. 특히 노미디스 제국의 줄리에타 여황은 백 명에 가까운 남편을 소유했었지. 그러니 우리가 새로운 국서를 뽑는다고 해서 손가락질을 받지는 않을 것이오. 오히려 당연하게 여겼으면 여겼지."

브랜던 공작의 말은 사실이었다. 역사적으로 실존했던 일이기에 줄리에타 여황에 대한 이야기는 로드리오 공작도 알고 있었다.

"……"

그에 로드리오 공작은 반박할 말을 찾을 수가 없었다. 정절을 강조해 거부하기엔 저쪽의 말이 더 설득력이 강했기 때문이다.

웅성웅성!

두 공작의 논쟁이 뜨거워지자 곧 다른 귀족들도 나서서 자신들의 의견을 피력했다.

당연히 대부분이 브랜던 공작의 건의를 지지했다. 이미 두 파벌이 협력하기로 한 상황이었기에 과반수 이상이 동의하는 건 당연했다.

결국 분위기는 점점 브랜던 공작 쪽으로 흘러갔다. 여왕파가 분위기를 바꿔보려 했지만 작정하고 협력하는 두 파벌 때문에 어찌할 수가 없었다.

그러자 로즈 여왕은 자신이 나서야 함을 느꼈다.

그녀에게 남자는 오직 한 사람, 데미안뿐이었다. 아무리 군주로서 나라의 안녕을 위해 새로운 국서가 필요하다지만 다른 남자를 곁에 둘 수는 없었다.

더구나 그것은 태중의 아이에게 절대 할 수 없는 행동이었다. 어찌 다른 사람을 아버지로 부르게 한단 말인가. 절대 불가한 일이었다.

그녀는 확실하고 단호하게 거부하기로 마음을 먹고 이내 입을 떼었다.

그런데 그때,

"칼리 대비 마마와 미트라 대빈께서 듭시옵니다!"

생각지도 못한 불청객이 들이닥쳤다.

바로 칼리 대비와 미트라 대빈이었다.

웅성웅성!

대전의 문이 열리며 두 여인이 들어서자 귀족들은 자리에서 일어나 예를 취했다.

"후훗."

칼리 대비와 미트라 대빈은 어깨를 나란히 하고 걸었다. 칼리 대비는 무표정한데 비해 미트라 대빈은 얼굴에 미소가 걸려 있었는데, 소 닭 보듯 하는 두 사람이 자연스럽게 함께하는 모습은 굉장히 낯설었다.

이윽고 두 사람은 로즈 여왕의 앞에 섰고 간단하게 예를 취했다.

그에 로즈 여왕도 고개를 숙이더니 물었다.

"두 분께서 왕실 회의엔 어인 일이십니까?"

그에 델핀 공작의 어머니인 미트라 대빈이 대답했다.

"여기 대비 마마와 담소를 나누던 중 특이한 안건을 가지고 왕실 회의를 하고 있단 소식을 듣고 찾아왔습니다. 방해가 된 것은 아닌지요?"

뭔가 꺼림칙했지만 그렇다고 대답할 수는 없지 않은가.

로즈 여왕은 고개를 저었다.

"그럴 리가요. 자리에 앉으시지요."

"예, 그러지요."

칼리 대비와 미트라 대빈은 각자 자리에 앉았다.

그에 귀족들도 다시 자리에 앉았고 이어서 미트라 대빈이 물었다.

"그래, 무엇을 가지고 회의를 나누고 있었는지요. 듣기에는 국서와 관련된 것이라던데."

기다렸다는 듯 브랜던 공작이 나섰다.

"그러하옵니다, 대빈 마마. 현재 국서의 자리가 비어 왕국과 왕실의 안정이 저어되어 새로운 국서를 뽑는 것이 어떨까

건의를 드리는 중이었습니다."

"음, 새로운 국서라. 왕국과 왕실의 안녕을 위해서라니 좋은 생각이군요."

미트라 대빈은 즉각 동의했다.

그리고 그건 칼리 대비도 마찬가지였다.

"괜찮은 안건이군요."

그녀의 시선이 로즈 여왕을 향했다.

"전하께선 언짢으셨는지요?"

로즈 여왕은 의미를 알 수 없어 물었다.

"무엇이 말입니까?"

"새로운 국서에 관한 안건 말입니다. 같은 여인의 입장으로서 새 부군을 맞이하는 안건이 편치 않을 것이지 않습니까? 그래서 묻는 것입니다. 분명 언짢으셨겠지요?"

"그러합니다. 가히 기분이 좋지 않습니다."

"그러시겠지요. 데미안 대공이 실종 상태인데 이런 안건을 가지고 회의를 한다는 게 좋을 수는 없겠지요."

칼리 대비는 이해한다는 듯 로즈 여왕의 편을 들어주었다. 하지만 그건 한순간에 지나지 않았다.

"그런데 말이지요. 여자로선 이해를 하지만 전하의 위치를 생각하면 받아들이시는 게 어떨까 싶은데요?"

"예?"

로즈 여왕의 표정이 달라졌다.

칼리 대비는 무표정을 유지하며 말했다.

"전하, 군주의 배우자는 그냥 배우자가 아니랍니다. 군주가 나라의 운영을 위해 국정에 힘을 쏟을 때 배우자는 그 외의 일을 책임짐으로써 군주를 내조하지요. 맥기본 선대 국왕이 계실 때 바로 지금의 저나 미트라 대빈이 했던 것처럼 말입니다."

미트라 대빈이 동의하듯 고개를 끄덕였다.

"그런데 현재 국서의 자리가 비어 있음으로 해서 문제가 생길 우려가 있습니다. 우선적으로 가장 밀접한 왕실 쪽부터 관리가 어려워지지요."

로즈 여왕은 고개를 저었다.

"그럴 수 있겠지만 지금은 전혀 문제가 없습니다. 왕실 또한 잘 운영되고 있고요."

"그거야 저희가 아직까지 왕실 관리를 하고 있기 때문이지요. 국정에 힘쓰시느라 모르고 계신 듯한데 국서가 해야 할일들을 현재 저와 미트라 대빈이 대신하고 있습니다. 그래서 아직 왕실에 문제가 생기지 않은 것이고요. 덕분에 전하께서 아무 탈 없이 업무를 보실 수 있었던 겁니다."

"……."

로즈 여왕은 전혀 몰랐던 사실이라 당황하지 않을 수 없었다.

그녀는 로드리오 공작을 바라봤고, 굳은 얼굴로 고개를 끄덕이는 공작의 모습을 확인할 수 있었다.

그 모습을 확인한 칼리 대비가 말을 이었다.

"원래라면 대비인 저와 미트라 대빈이 왕실 관리를 하는 것은 이치는 물론 신분에도 맞지 않습니다. 하지만 왕국과 왕실의 안녕을 위해 희생을 하는 거지요. 하나 언제까지 저희가 전하를 내조할 수는 없는 법. 이렇게 국서에 대한 이야기가 나왔으니 문제를 해결하는 게 좋을 듯합니다. 브랜던 공작의 건의에 따라 새로운 국서를 맞이하시지요."

로즈 여왕은 대전의 공기가 급격히 칼리 대비에게로 흐르는 것이 느껴졌다.

그녀의 발언으로 새로운 국서 문제가 기정사실화되고 있는 것이다.

로즈 여왕은 굳어진 얼굴로 말했다.

"부군이 존재하는데 어찌 그럴 수 있단 말입니까. 데미안 대공이 있는 한 새로운 국서를 맞을 순 없습니다."

칼리 대비는 흐릿하게 차가운 미소를 지었다.

"예, 데미안 대공이 있다면 당연히 새로운 국서를 뽑을 이유가 없지요. 하지만 지금은 없지 않습니까? 또 언제 돌아올지 모르고, 돌아온다는 확신도 없는 상태 아닌가요?"

"……."

"왕국과 왕실을 위해 국서의 자리를 계속 비울 수는 없는 법. 새로운 국서를 맞이하시지요, 전하."

"……"

로즈 여왕은 더 이상 어떠한 말도 할 수가 없었다.

칼리 대비의 발언은 결정적이었다. 그녀의 말에서 잘못된 점은 찾을 수 없었고 그로 인해 새로운 국서 발탁은 기정사실화되고 말았다.

일이 뜻대로 되자 에드리언 공작과 델핀 공작의 두 파벌은 기쁨의 미소를 지었다.

반대로 로즈 여왕과 여왕파의 표정은 한없이 어두워지고 말았다.

CHAPTER **12**
움직이는 그레이너

죽은 자들의 왕

와글와글!

시끌시끌!

솔라즈 성문 근처.

거리에는 수많은 사람들이 지나다니고 있었다.

솔라즈는 전쟁으로 인해 상업 활동에 타격을 입기는 했지만 여전히 많은 상인들이 드나드는 상태였다.

사람들의 표정엔 그다지 긴장감이 보이지 않았는데 아무래도 전쟁터와는 거리가 있기에 아직 피부로 느껴지지는 않는 모양이었다.

그런 사람들 사이로 평범한 인상의 한 남자가 걸어가고 있었다.

남자는 갓 솔라즈에 입성한 사람인 듯 꺼냈던 신분 패를 품에 넣으며 주변을 두리번거리는 중이었다.

솔라즈 내에 진입하여 서성거리던 남자는 무언가를 보더니 그쪽으로 발걸음을 옮겼다.

남자가 시선을 줬던 것은 바로 주점.

남자는 망설임 없이 문을 열고 들어갔다.

"어서 오십시오!"

들어서자마자 십 대 후반으로 보이는 종업원 아가씨가 밝은 미소로 인사를 하며 다가왔다.

인사에 남자는 고개만 까딱거리고는 주점 안을 둘러봤다. 그러더니 이윽고 안쪽 테이블 하나에 자리를 잡는 것이 아닌가.

종업원은 남자가 자리에 앉자 물었다.

"손님, 뭘로 드릴까요?"

"기본 식사로."

"술을 드시겠습니까?"

"필요 없소."

"예, 알겠습니다. 그럼."

종업원이 사라지자 남자는 어딘가로 눈길을 돌렸다. 바로 자신의 뒤편에 자리한 세 명의 남자를 향해서였다.

세 명은 관리의 차림새를 하고 있었는데 모습을 보아하니

일을 마치고 동료들끼리 한잔하러 온 듯한 모양새였다.

남자의 귀로 그들의 대화가 들려왔다.

"진짜 남작가의 자식만 아니었으면 내가 가만두지 않을 텐데. 이러지도 못하고 저러지도 못하고 요즘 정말 죽을 맛이라니까."

"쯧쯧. 어떨지 알 만하구먼. 나 역시 비슷한 일을 겪어봤으니 그 심정 잘 알지."

"맞아. 자네 그때 고생 많이 했었지. 이보게, 페그, 닉, 이사람도 그랬듯이 참는 게 답이야. 우리 같은 평민 출신 관리가 귀족 자제를 어찌할 수는 없으니까. 알지?"

"알아, 안다고. 그러니 그 화를 이렇게 술로 푸는 것 아닌가. 자, 마시자고."

관리들 중 두 명은 페그와 닉이라는 이름을 가진 듯했다. 다른 한 명은 알 수가 없었다.

세 명은 계속 어떤 귀족 자제에 대한 이야기를 하고 있었는데 대충 종합해 보면 새로 들어온 신입 관리가 남작가의 자제이고 그 신분을 이용해 선배인 평민 출신 관리들의 말을 잘 듣지 않는다는 이야기였다.

아주 개인적인 이야기로 그다지 관심을 둘 만한 것은 아니었는데 왠지 남자는 그들의 대화를 듣는 것을 멈추지 않았다. 남의 이야기에 관심이 많은 자로는 보이지 않았기에 약간 특이해 보였다.

사실 남자가 그들의 대화에 귀 기울이는 것에는 까닭이 있었다.

남자의 정체가 바로 그레이너였기 때문이다.

그레이너는 아비게일과 헤어진 후 노미디스 제국으로 가지 않았다. 원래대로라면 블랙2 클레어와 약속한 대로 제국으로 돌아가야 했지만 그러지 않은 것이다.

그 이유는 아비게일이 말한 로즈 여왕의 임신 때문이었다.

그는 로즈 여왕이 임신했다는 말에 적지 않게 놀랐고 고심 끝에 솔라즈로 왔다.

그레이너는 자신의 눈으로 직접 확인할 생각이었다. 아비게일이 거짓말을 할 리가 없지만 다른 사람의 말만 듣고 판단을 내릴 만한 일이 아니었다.

때문에 사실 확인을 위해 솔라즈로 왔고 관리들이 이 주점에 드나드는 것을 보고 들어온 것이다. 관리들을 통해 정보를 얻을 생각으로 말이다.

잠시 후 주문한 음식이 나왔는데 그때까지 관리 세 명에게서 건질만한 이야기는 나오지 않았다. 대부분 업무에서 힘들었던 점이나 전쟁으로 어려워진 사정 등을 돌아가며 말할 뿐이었다.

그렇게 얼마나 흘러갔을까.

페그라는 이름을 가진 자가 드디어 원하던 이야기를 꺼냈다.

"그나저나 자네들, 여왕 전하의 소식은 들었는가?"

"전하의 소식? 어떤 거 말인가? 회임하신 거?"

닉의 말에 페그란 자가 핀잔을 줬다.

"아, 그거야 누구나 아는 소식 아닌가. 국서에 대한 것 말이네."

"아하, 난 또 뭐라고. 당연히 들었지. 새로운 국서를 뽑는다는 소식 말하는 거 아닌가. 그건 이미 며칠 전부터 파다하게 퍼졌다네."

"맞아. 그게 언제 적 일인데."

'새로운 국서?'

그레이너는 처음 회임에 대한 이야기가 나오자 눈을 빛냈다. 그러다 뒤이어 새로운 국서라는 말에 표정이 달라졌다.

국서는 곧 여왕의 남편을 뜻하는 단어였다. 동생 데미안이 국서이지 않은가.

그런데 새로운 국서를 뽑는다니.

그레이너에겐 심각해지지 않을 수 없는 이야기였다.

그는 더욱 세 명의 대화에 집중했다.

"어허, 이 사람들. 내가 그걸 몰라서 전하에 대한 이야기를 꺼냈겠나. 내가 말하려는 건 다른 거네."

"다른 거? 새로운 소문이 흘러나온 건가?"

페그란 관리가 고개를 끄덕였다.

"그렇네. 오늘 들은 이야긴데 놀라지 말게. 국서를 뽑긴 뽑는데 그게 한 명이 아니라 무려 세 명이라고 하네."

"뭐야? 세, 세 명?"

"세 명이라고?"

페그의 말에 두 관리가 크게 놀라는 모습을 보였다.

더불어 그레이너도 놀라지 않을 수 없었다.

닉이란 자가 말했다.

"에이, 말도 안 되는 소리 하지 말게. 국서를 뽑는 것도 보통 일이 아닌데 그것도 모자라 한 번에 세 명을 뽑는다고? 그게 말이 된다고 생각하나?"

"그러게 말이야. 나도 믿기지가 않는군."

"참 나, 나도 처음엔 믿기지 않았지. 하지만 거짓이 아니라는 정황이 있단 말이네."

"그게 뭔가?"

친구의 물음에 페그가 잠시 주변의 눈치를 살피더니 나지막하게 말했다.

"파벌 때문이라네."

"파벌?"

두 관리의 표정의 변했다.

"그렇네. 알다시피 지금 왕실은 세 개의 파벌로 나뉘어 있지 않은가. 여왕파와 에드리언 공작파, 델핀 공작파로."

"그렇지."

"바로 그 파벌에서 한 명씩 국서를 선출하기로 한 거야."

"아."

두 관리가 알았다는 반응을 보였다.

이름을 알지 못하는 관리가 말했다.

"파벌마다 국서를 뽑아 균형을 맞추고 서로 견제를 하겠다는 속셈이로군."

"맞아. 바로 그거라네. 그래서 한 번에 세 명의 국서를 뽑게 됐다는 거지."

"어허, 이런 일이……."

"쯧쯧."

관리들은 고개를 절레절레 흔들면서 혀를 찼다. 그게 누구를 향해서인지 모를 그레이너가 아니었다.

'로즈 여왕.'

페그라는 자의 이야기대로라면 로즈 여왕은 파벌 싸움으로 인해 한 번에 세 명의 남편과 결혼을 하게 된 것이었다.

이 얼마나 어처구니없는 사건인가. 한 나라의 왕이 파벌 싸움에 휘말려 세 명과 동시에 결혼을 한다는 게.

덕분에 그레이너의 표정은 풀리지가 않았다.

"전하께서 정말 안 되셨군. 새로운 국서를 뽑는 것도 마음에 들지 않으실 텐데 한 명도 아니고 세 명이나 맞이해야 하다니."

"그러게 말이야. 어렸을 때부터 그랬지만 참으로 고달픈 운명을 타고나신 것 같단 말이야."

"회임으로 인한 기쁨을 얼마 누리시지도 못하는구먼."

세 명은 진심으로 로즈 여왕의 사정을 안타까워했다. 그것으로 보아 그녀의 평판이 나쁘지 않음을 알 수 있었다.

"데미안 대공만 살아 돌아오신다면 모든 문제가 해결될 텐데 말이야."

"에이, 말이 되는 소릴 하게. 실종이라지만 모두 알고 있지 않은가. 그분이 죽었다는 걸."

"그래, 맥기본 전하께서 돌아가셨는데 어찌 그분이 살아 있겠나. 시신을 찾지 못해 실종이라 발표를 했지만 이미 돌아가셨을 것이네."

"나도 아네. 그냥 안타까워서 해보는 말이야."

"……."

세 관리의 말에 그레이너의 눈빛이 깊게 침잠해 들어갔다. 그가 어떤 기분인지 알 수는 없지만 다른 이들이 동생의 죽음에 관해 이야기하는 것이니만큼 좋지 않은 것은 확실해 보였다.

"에이, 기분만 우울해지는군. 우리 다른 이야기를 하자고. 자네 아들은 요즘 어떤가?"

이후 그들의 이야기는 다른 주제로 전환되었고, 더 이상 들을 만한 것은 없었다.

그에 그레이너는 주점을 나왔다.

그레이너는 무표정한 얼굴로 거리를 걸었다.

그러더니 갑자기,

"역시 그때 그들을 죽였어야 합니다."

혼잣말을 하는 것이 아닌가.

누군가 들었다면 이상하게 봤겠지만 다행히 들은 사람은 없었다.

대신 다른 이들이 그 말에 답했다.

―우리의 말을 들은 게 후회되는 모양이군.

―제 동생에 관한 이야기를 들으니 감정이 상한 게지.

바로 선조들이었다.

그레이너는 선조들에게 말을 했던 것이다.

―그때도 말했지만 일왕자와 이왕자를 죽이는 건 오히려 네 동생을 위험하게 하는 일이었다.

―그럼. 힘의 균형이 깨지면 그게 어떤 흐름을 만들어낼지 왜 모르누.

―가족이니 그러지. 혈육이 관련되면 냉정함을 잃게 마련 이거든.

예전 그레이너는 동생을 위해 몇 번이나 에드리언 일왕자와 델핀 이왕자를 죽이려 했었다. 그들이 사라져야 동생이 안전해진다 판단했기 때문이다.

한데 선조들이 그것을 말렸다. 그들은 두 왕자를 죽이면 오히려 데미안이 위험해진다는 의견을 보였다.

선조들이 그런 말을 했던 데에는 이유가 있었다.

두 왕자가 죽으면 그들을 따르던 두 파벌은 한순간에 권력의 중심을 잃게 된다. 그렇게 되면 그들은 크게 놀라고 당황하고 분노할 것이 분명했다. 중심을 잃음으로 해서 자신들의 권력에 위기가 찾아오기 때문이다.

두 파벌은 자신들의 권력을 잃지 않기 위해 새로운 중심을 찾을 것이고, 그 사람은 로즈 공주가 될 수밖에 없었다. 그녀가 유일한 왕위 계승권자가 되기 때문이다.

두 파벌은 서로가 그것을 알 것이고 로즈 공주를 차지하기 위해 싸움을 벌일 것이다.

그 상황이 되면 로즈 공주는 선택을 해야 될 텐데 그럼 어딜 선택하든 목숨을 부지할 수 없었다. 선택받지 못한 파벌이 가만히 있을 리가 없기 때문이다.

또한 그게 아니더라도 한 파벌이 로즈 공주를 차지하게 되면 꼭두각시로 이용할 것이니 그녀의 주변을 정리할 것이 분명했다. 그렇게 되면 데미안은 당연히 우선 척결 대상이고 이역시 살아남을 수 없었다.

결국 두 왕자를 죽이면 어떤 상황이 되든 데미안은 위험에 처할 것이고 선조들은 그걸 강조한 것이었다.

당시 그레이너는 그것을 인정하기 싫었기에 반박을 했었다. 그리고 그 말이 지금 다시 그의 입에서 나왔다.

"두 왕자를 죽이고 제가 데미안을 지켰으면 됐을 겁니다."

—그때 했던 이야기를 또 하는군.

─우리가 그 질문을 다시 하길 바라는 것이냐?

─그러니 저리 말하는 거겠지.

─그럼 다시 물어보마. 데미안과 로즈 공주, 두 사람에게 죽음의 위기가 찾아오면 넌 누굴 구할 것이냐?

"……."

그레이너는 대답하지 못했다.

예전에 선조들이 이 질문을 했을 때 그는 당연히 데미안이라고 말했다.

그걸 듣자 선조들은 웃었다.

그럼 데미안이 죽을 거라고.

그렇게 말한 이유는 그레이너가 데미안을 지킨다면 많은 이들을 죽일 것이고, 결국 그의 정체가 드러날 수밖에 없었기 때문이다. 그럼 두 왕자를 죽인 것도 들통이 날 것이고, 귀족들은 원흉인 로즈 공주와 데미안을 죽이려 할 것이 분명했다.

그레이너가 아무리 강하더라도 한 손으로 여러 손을 막을 수는 없는 법.

그때가 되면 두 사람 중 한 사람을 선택해야 할 순간이 올 것이 분명했다.

물론 그레이너는 데미안을 지키려 하겠지만 로즈 공주의 위기를 그냥 두고 볼 데미안이 아니었다.

틀림없이 로즈 공주를 구하려 할 것이고 아마 그로 인해 죽는 건 데미안이 될 확률이 높았다.

당시 선조들의 이야기는 가설에 불과했지만 경험에서 우러나온 만큼 설득력이 높았고, 결국 그레이너는 결국 두 왕자 암살을 포기했었다.

그런 그가 데미안이 죽은 지금 그때의 선택이 잘못된 것은 아닌지 미련이 생긴 것이다.

─그때 선택은 잘못된 것이 아니다.

─어떻게 흘러왔는지 보면 알지 않느냐.

─로즈 공주는 여왕이 되었고 데미안은 그런 그녀와 결혼을 했다.

─거기다 중립파를 여왕파로 흡수해 세력까지 만들었지.

─더불어 예전엔 무서워서 눈도 마주치지 못하던 에드리언과 델핀, 그 두 녀석을 상대로 잘 버티기까지 하고.

틀린 말은 아니었다. 지나온 과정을 생각해 보면 분명 이전보다 훨씬 좋았다. 데미안이 죽은 것만 빼면.

─데미안이 운이 없었을 뿐이다.

─로젠블러를 만나는 상황이 생길 거라곤 생각지 못했으니까.

─그러니 미련은 버려라.

그레이너는 말이 없었다. 하지만 선조들은 알 수 있었다. 그가 다시 냉정함을 찾았다는 걸. 아울러 뭔가 결심한 듯 눈빛도 달라졌다.

이내 그레이너는 시내 중심가로 향했다.

시내 중심가에 도착하자 그레이너는 상점을 둘러보더니 갑자기 골동품 상점으로 들어갔다.

상점 안은 조용했다. 손님은 아무도 없었고 골동품 특유의 내음만이 풍기고 있었다.

"어서 오시오."

인기척을 느꼈는지 안쪽에서 마른 체구에 나이 지긋한 노인이 지팡이를 짚고 나타났다. 주름 때문에 눈을 떴는지도 모를 정도로 상당히 나이가 많아 보였는데 모습을 보아서 주인 같았다.

그레이너가 물었다.

"찾는 것이 있소만."

"허허. 말씀하시오. 있는 건 찾아드리고, 없는 건 구해 드리리다."

"황제의 속옷이오."

그 말에 감겨서 보이지도 않던 노인의 눈이 드러났다.

노인은 그레이너를 모습을 확인하더니 말했다.

"의뢰할 게 무엇이오?"

노인의 대답은 뜻밖이었는데 여기엔 그럴 만한 이유가 있었다. 이 골동품점은 사실 도둑 길드의 지부였던 것이다.

그레이너가 말한 황제의 속옷은 도둑 길드의 의뢰 암호였다. 참고로 황제의 속옷이 도둑 길드의 암호인 이유는 그런 것까지 훔칠 수 있다는 뜻이었다.

"소문을 좀 내주시오."

"어떤 소문?"

무언가를 훔쳐 달라는 의뢰가 아니었지만 노인은 당황하지 않았다. 도둑 길드는 광범위한 의뢰까지 허용하고 있기 때문이다.

그레이너는 노인의 귀에 무언가를 말했다.

노인은 이야기를 듣더니 잠시 후 눈이 살짝 커졌다. 이야기가 끝나자 노인이 물었다.

"지역과 기한은?"

"포이즌 우드 대륙 전부. 최대한 빨리."

그 말에 노인의 눈빛이 다시 변하더니 말했다.

"천 골드요."

그레이너는 품에서 보석을 꺼내 건넸다.

노인은 그것을 받아 확인해 보더니 고개를 끄덕였다.

"의뢰는 성사되었소. 일주일 안에 퍼질 것이오."

"알았소."

그에 그레이너는 그대로 상점을 나와 버렸다. 그리고 그가 나서자마자 상점에서 일련의 남자들이 나와 흩어지는 것이 느껴졌다.

―어찌할 생각이냐?

"움직여야지요."

―마음을 정한 모양이구나.

"예."

—로즈 여왕의 임신을 아직 확인하지 못했지 않느냐?

"상관없어졌습니다."

이윽고 그레이너의 분위기가 달라졌다.

"데미안의 자리, 데미안의 여자… 그것들을 빼앗으려 한다는 것을 안 이상……."

순간 그의 눈빛이 차갑게 가라앉았다.

"가만히 있을 수 없으니까요."

곧이어 그레이너의 모습도 어딘가로 사라졌다.

CHAPTER **13**
국서 후보

# 죽은 자들의 왕

포이즌 우드 대륙의 서쪽에 위치한 아벨 왕국.

그곳 아벨 왕국에서도 가장 서쪽 끝 바닷가에 자리 잡은 컬룸 영지.

추적추적 비가 내리는 어두운 저녁. 영지의 해안가에 일련의 사람들이 서 있었다.

그들은 어느 외진 허름한 선착장에 자리하고 있었는데 모습을 보아하니 누군가를 기다리는 듯했다.

비를 맞지 않기 위해 로브에 후드를 쓰고 있어 얼굴이 보이지 않았는데 전체적인 윤곽으로 봐서는 모두 남자들로 이루어져 있었다.

"왔습니다."

그렇게 얼마나 있었을까.

한 사람이 멀리 무언가를 손가락으로 가리켰다.

사람들의 시선은 그곳을 향했고 그 무언가를 볼 수 있었다.

그것은 한 척의 배였다. 비로 생긴 운무 사이로 중형선 크기의 배가 모습을 드러내며 다가오고 있었던 것이다.

사람들은 배가 도착하기를 기다렸고 잠시 후 배는 선착장에 무사히 안착했다.

이내 배에서 일련의 인물들이 내려 그들에게로 다가왔다.

쿵! 쿵!

삐그덕! 삐그덕!

덜그럭! 덜그럭!

한데 배에서 내린 자들의 모습이 뭔가 이상했다.

그들 역시 로브와 후드로 온몸을 감싸고 있었는데 키와 몸집이 너무나도 컸다. 거의 비정상적일 정도여서 몇 명 되지 않음에도 불구하고 선착장이 무너질 듯 비명을 질렀다.

이윽고 두 무리가 마주 서자 기다리고 있던 자들 중 한 명이 나섰다.

그자는 가볍게 고개를 숙이며 인사를 했다.

"펠튼이라고 합니다."

남자는 먼저 자신의 이름을 밝혔다.

그런데 어디서 들어본 듯 익숙한 이름이었다.

바로 아비게일을 찾아갔던 에티안의 사자 펠튼이었던 것이다.

펠튼은 뒤이어 한 사람을 소개했다.

"이분이 바로 포이즌 우드 대륙의 집행관 알사우스 님입니다."

알사우스.

그것이 집행관의 이름이었다.

놀랍게도 펠튼과 함께 집행관까지 자리를 하고 있었다.

알사우스는 악수를 위해 손을 내밀었다.

"허허. 렐 대륙에서 여기까지 오느라 고생들 많았소이다. 내가 포이즌 우드 대륙을 맡고 있는 알사우스라는 늙은이요. 반갑소."

그에 배를 타고 온 자들 중 한 명이 악수를 받았다.

그 무리 중 가장 커다란 자였는데 몸집만큼이나 손도 얼마나 거대한지 알사우스의 손이 갓난아기의 것으로 보일 정도였다.

"반갑군. 쉬와트 왕국의 쉘파다."

그자의 목소리는 지하 밑바닥에 닿을 만큼 굵었다. 또한 목소리만으로 광포한 기운이 느껴질 정도로 위압감이 넘쳐흘렀다.

하지만 집행관 알사우스는 조금의 흔들림이나 미동도 없었다. 마치 그 정도는 아무런 영향도 주지 못한다는 듯.

"허수아비는 아니군."

쉘파는 비릿한 웃음과 함께 손을 풀었다. 아마도 알사우스를 시험해 본 듯했다.

쉘파의 인사가 끝나자 다른 두 명이 더 자기를 소개했다.

"탈사드의 프라샨트다."

"자이카. 로도론."

두 명의 인사는 쉘파보다 더 무례했다. 특히 마지막 로도론이란 자는 거의 통보에 가까웠다. 그리고 목소리로 보아 프라샨트는 여자로 보였다.

"음."

그러나 알사우스의 표정에는 변화가 없었다. 세 명이 반말을 하든 무례하게 행동하든 전혀 상관하지 않았다. 오히려 옅은 미소를 지으며 고개를 끄덕였다.

의아한 건 펠튼도 그것을 보고 기분 나빠 하지 않는다는 것이었다. 에티안의 사자로서 집행관이 무시당하고 있는데도 담담할 뿐이었다.

알사우스가 말했다.

"라단 세 나라의 1전사가 모두 오셨구려. 한창 전쟁 중인 걸로 아는데 이렇게 도와주기 위해 와줘서 고맙소."

대답은 쉘파가 했다.

"어차피 우리가 나설 필요도 없는 전쟁이다. 렐 대륙의 인간 따위 우리 라단족에겐 방해거리조차 되지 못하니까."

"그렇겠지요. 위대한 그분의 창조물인 라단에 어찌 인간이 상대가 될까. 당연한 말씀이오."

둘은 이상한 대화를 나눴다.

특히 라단이라는 말.

의미를 볼 때 종족을 뜻하는 것 같았는데 알사우스는 인간이면서도 같은 인간을 비하하고 있었다.

"우리를 청한 이유가 뭐지? 얼핏 듣기로는 디로드 때문이라던데."

"그렇소이다. 이곳의 디로드가 심상치 않은 일을 꾸미고 있소. 하여 다른 대륙의 에티안에 알리려는 와중 라단족이 세상 밖으로 나왔다는 소식을 듣게 되었고, 그에 이렇게 청을 하게 되었소이다."

"흥, 어처구니없군. 한 대륙을 맡은 집행관으로서 디로드 놈들 하나 처리하지 못해 도움을 청하다니."

쉘파는 코웃음을 치며 비웃었다.

충분히 모욕적일 수 있었는데 역시나 알사우스의 표정에 변화는 없었다.

"어찌 처리하지 못하겠소. 가능하고도 남음이오."

"그런데?"

"약간의 사정이 생겼소."

"사정?"

"포이즌 우드 대륙에 연합 전쟁이 발발했소. 그 때문에 에티안 사자들의 발목이 묶였소이다."

"디로드의 짓인가?"

"그렇게 보고 있소."

"그럼 결국 디로드 놈들의 손에 놀아났다는 말이군."

간단한 대화만으로 쉘파는 모든 상황을 알아들었다. 디로드가 일을 벌이기 위해 연합 전쟁을 발발시켰고 그 때문에 에티안의 사자들이 움직이지 못하게 된 것이다.

알사우스는 부정하지 않았다. 사실이기 때문이다.

쉘파는 대화 내내 무시로 일관했지만 알사우스는 조금도 화를 내지 않았다. 마치 당연히 그래도 되는 걸로 여기는 것처럼 말이다.

"거기다 한 가지 이유가 더 있소."

"말해라."

"그분이 창조한 라단족의 힘을 보고 싶었소."

순간 쉘파, 프라샨트, 로도론의 눈빛이 살짝 바뀌었다.

쉘파가 나지막하게 말했다.

"인간 주제에 감히 그분의 능력을 의심하는 것이냐?"

"그럴 리가 있겠소. 다른 의미 없이 말 그대로요. 라단족의 힘이 어떤지 내 눈으로 직접 확인하고 싶소. 그 대상이 디로드라면 확실히 알 수 있을 거라 생각했지. 디로드와 우리 에티안의 관계를 생각하면 그대들이 절대 허투루 상대하지 않을 테니까."

그 말에 쉘파의 싸늘함이 가셨다. 의미를 파악한 것이다.

이내 그는 프라샨트와 로도론을 바라봤다. 그 시선에 두 명다 고개를 까딱거렸다.

"좋아. 보여주지, 라단족의 힘을."

"훗."

알사우스는 그럴 줄 알았다는 미소를 지었다.

이야기가 끝난 듯하자 다시 펠튼이 나섰다.

"이제 가시지요. 지낼 곳을 준비해 뒀습니다."

"그러지. 안 그래도 아무것도 없는 바다만 하염없이 보고 오느라 피곤했거든. 사막과 다른 것을 기대했는데 다를 게 전혀 없더군."

펠튼이 먼저 앞장을 섰고 이윽고 그 뒤를 알사우스와 쉘파 등이 따라갔다.

그런데 몇 발자국 가지 않아 쉘파가 말했다.

"아, 그건 준비해 뒀겠지? 당부했던 거 말이야."

펠튼의 시선이 알사우스를 향했다. 눈빛에 처음으로 감정이 드러났다.

알사우스가 고개를 끄덕였다.

"넉넉히 준비했소. 그것도 모두 어린아이로."

그 말에 쉘파는 물론 프라샨트와 로도론의 눈이 반짝였다.

"좋군."

로도론이 인사 이후 처음으로 입을 열었다. 목소리에서 기대감이 느껴졌다.

그리고 그건 쉘파도 마찬가지였다.

"후후. 오랜만에 부드러운 고기와 깨끗한 피를 맛보게 되겠군."

"……"

후드 사이로 드러난 섬뜩한 쉘파의 얼굴.

펠튼은 그대로 시선을 돌려 정면을 바라봤다.

그의 눈빛에 형용하기 어려운 어둠과 죄책감이 자리를 잡고 있었다.


                    *         *         *


"송구합니다, 전하."

솔라즈 왕성의 국왕 집무실.

그 안에 로즈 여왕과 로드리오 공작이 함께 자리를 하고 있었다.

무슨 일인지 로드리오 공작은 죄스러운 표정으로 로즈 여왕에게 사과를 하는 중이었다.

"두 파벌이 각각 국서를 선출하겠다 선언하는 바람에 어쩔 수가 없었습니다."

"……"

로즈 여왕은 눈을 감은 채 의자에 앉아 있었다. 표정은 담담해 보였지만 책상에 가려진 그녀의 손은 주먹이 쥐어진 채 하얗게 바래져 있었다.

로드리오 공작이 사과하는 이유는 바로 국서 문제 때문이었다.

국서를 새로 뽑기로 결정이 되고 나서 얼마 가지 않아 새로운 이야기가 흘러나왔다. 국서를 한 명이 아닌 파벌 수대로 선출한다는 내용이었다.

이것 역시 칼리 대비와 미트라 대빈에게서 나온 것으로 그녀들은 국서를 한 명만 선출한다는 것은 형평성에 어긋난다는 의견을 꺼냈다.

그 이유는 먼저 국서 한 명을 뽑기 위해 또다시 파벌끼리 싸움이 벌어질 것이란 명목이었다.

분명 자신들 파벌의 인물을 국서로 만들려 할 것이고, 당연히 그것은 싸움을 불러일으킬 수밖에 없다는 것이다.

두 여인은 그건 절대 안 된다 강조했다. 전시 상황에서 파벌 싸움은 나라를 혼란스럽게 만들 것이기 때문이다.

두 번째는 자신들 역시 파벌에 의해 왕비와 빈이 되었다는 이유 때문이었다.

그녀들도 각자의 파벌에 의해 맥기본 왕과 혼인을 하였고 지금의 신분들을 가지게 되었다. 그러니 반대로 국서를 파벌에 따라 한 명씩 뽑는다고 문제될 게 없지 않냐 주장한 것이다.

그런 관점에서 보면 사실 그녀들의 말은 틀린 것이 없었고 반박할 수 없는 의견이었다.

결국 두 여인의 의사는 받아들여졌고 파벌당 한 명의 국서 선출이라는 상상 밖의 일이 성사가 되고 말았다.

그 소식을 듣고 로즈 여왕은 더욱 기가 찰 수밖에 없었는데 그것이 끝이 아니었다. 바로 파벌 중 하나인 여왕파가 난감해 진 것이다.

로즈 여왕의 파벌인만큼 그녀가 새로운 국서를 원하지 않고 있다는 걸 모를 여왕파가 아니었다. 하지만 두 파벌이 국서를 선출하는데 그들도 안 할 수가 없었다. 세력 싸움에서 밀리게 되기 때문이다.

결국 여왕파는 국서 문제를 고민해야 했고 결과는 한 가지였다.

여왕파 또한 국서를 선출해야 한다는 것.

로드리오 공작은 지금 그것을 로즈 여왕에게 이야기한 것이다. 사과와 함께.

로즈 여왕은 아무 말도 할 수가 없었다.

그녀도 알고 있다.

어쩔 수 없다는 것을.

여왕파에만 국서가 없다면 두 파벌의 국서를 상대할 수도, 견제할 수도 없으니 선출해야 한다는 걸.

기분이 좋지 않은 건 끌려가고 있다는 걸 알면서도 막을 수

없는 참담함 때문이었다. 어떻게 할 수가 없었다. 그녀 입장
에선 정말 말도 안 되는 일이었는데 그게 아무렇지 않게 진행
되고 있었다.

그러니 그녀의 마음은 날이 갈수록 무거워졌고, 기분이 좋
지 않은 건 당연했다.

그것을 내색하지 않기 위해 로즈 여왕은 무던히도 참고 있
는 중이었다.

이윽고 그녀가 입을 열었다.

"됐어요. 원해서 하는 일이 아니라는 걸 제가 어찌 모를까
요."

"그리 생각해 주신다니 소신, 감읍할 따름입니다."

그녀는 고개를 끄덕이며 마음을 다잡았다. 어차피 피할 수
없는 일, 그리고 자신과 관련된 일이니 모든 걸 파악하고 있
어야 했다.

"그럼 우리 쪽에서 후보자는 이미 선출이 된 건가요?"

"예, 회의 끝에 토퍼 백작의 자제인 이안으로 결정이 됐습
니다."

토퍼 백작은 여왕파의 중요 인물 중 하나로 참모 직위를 가
지고 있었다. 이안은 그의 맏아들로 성품이 부드럽고 머리가
비상한 걸로 잘 알려져 있었다.

"이안은 아주 뛰어난 청년입니다. 이미 귀족 사회에 이름
이 알려져 있을 정도지요. 전하는 물론 우리 여왕파에 큰 도

움이 될 겁니다."

"그렇군요."

대답은 했지만 별 감흥이 없었다. 아무리 잘생기고 뛰어나다 한들 데미안에 비할 남자는 세상에 없기에.

"두 파벌은 누구를 선출했는지 알아냈나요?"

"철통같이 보안을 유지하고 있는 바람에 알아낼 수가 없었습니다. 하지만 각 파벌의 주요 인물들의 자제일 것이 분명하기에 예상 범위의 인물들이지 않을까 싶습니다."

"국서 후보들과의 만남이 내일이지요?"

"그렇습니다."

"그럼 내일 확인할 수 있겠군요."

"……."

로드리오 공작은 알고 있었다. 그녀가 정말 그들을 보고 싶어 묻는 것이 아님을.

'그래도 안심이군.'

그녀의 눈에 의지가 보였다.

넋 놓고 당하지 않겠다는 의지.

자신이 모시는 주군이 어려움 속에서 절망이 아닌 의지를 보인다는 건 신하로서 다행스러운 일이 아닐 수 없었다.

"그럼 이만 가보세요. 내일 있을 일을 생각하니 오늘은 그만 쉬고 싶군요."

"알겠습니다. 그럼 이만."

로즈 여왕의 말에 로드리오 공작은 인사를 올리고는 조용히 사라졌다.

"휴우."

혼자가 되자 로즈 여왕은 한숨을 쉬었다. 어두운 한숨이 아니었다. 긴장이 풀려서 나오는 한숨이었다.

"역시 아직까지는 힘들구나. 언제 적응이 되려는지."

로즈 여왕은 자신의 배를 쓰다듬으면서 말했다.

맥기본 왕이 죽기 전에 이야기한 적이 있었다. 왕은 절대로 쉽게 감정을 드러내서는 안 된다고. 그것이 허점을 보이게 한다고.

그래서 그녀는 다른 이들과 있을 때는 언제나 감정을 드러내지 않았다. 그것이 여왕파라 하더라도.

본모습을 드러내는 건 오직 혼자 있을 때뿐이었다.

나름 두 모습을 잘 조절하고 있는 그녀지만 힘이 드는 건 어쩔 수가 없었다.

그녀는 부드럽게 자신의 배를 쓰다듬었다.

왜 그런 행동을 하는지 충분히 짐작이 갔다. 배 속의 아기를 생각하며 사랑의 손길을 느끼게 하는 것이다.

"아가야, 거기서 봐주렴. 이 순간 또한 이겨내는 엄마를. 널 위해서라도 난 절대 포기하지 않을 거란다."

로즈 여왕은 나긋나긋하고 보드랍게 말했다. 정말 아기가 듣는 것처럼.

그렇게 그녀는 아기를 생각하며 또 힘을 얻고 있었다.

*　　　*　　　*

웅성웅성!

솔라즈 왕성의 대전.

대전으로 귀족들이 속속 모여들고 있었다.

오늘 귀족들이 모이는 이유는 왕실 회의 때문이 아니었다.
바로 국서 후보자들을 선보이는 자리였던 것이다.

그 때문인지 대전으로 들어서는 귀족들 대부분이 국서에
관련된 대화를 나누고 있었다.

당연히 가장 중심이 되는 건 국서 후보자들의 신상에 관한
것인데 각 파벌에서 어떤 자가 국서 후보로 나설지, 또 각 국
서 후보자들이 어떻게 비교가 될지에 대한 여러 가지에 대해
토론을 벌이는 중이었다.

잠시 후 어느새 귀족들이 모두 도착하면서 대전은 사람들
로 가득 들어찼고 더욱 시끄러워졌다.

다른 날 같으면 시끄러움에 인상을 찌푸리며 짜증 내는 자
들이 있었지만 오늘은 아니었다. 모두 대화에 빠져 소란스러
운 것도 알지 못하고 있었다.

그때였다.

"칼리 대비, 미트라 빈, 왕실 장로회 분들, 그리고 에드리언

공작과 델핀 공작께서 드십니다!'

"뭐, 뭐?"

귀족들은 깜짝 놀랐다.

왕실의 고위 인물들이 한꺼번에 나타난 것이다.

놀라운 건 칼리 대비와 미트라 대빈, 왕실 장로회의 등장이
었다.

에드리언 공작과 델핀 공작은 회의나 모임이 있으면 언제
나 참석하지만 칼리 대비, 미트라 대빈, 왕실 장로회는 특별
한 일이 아니면 거의 모습을 드러내지 않기 때문이다.

'국서에 관련됐으니 특별하다 볼 수도 있겠군.'

귀족들은 그렇게 생각하며 자리에서 일어나 그들을 맞이
했다.

칼리 대비 등은 미소를 띠며 안으로 들어섰다. 오늘 일에
대해선 그들 역시 기대와 흥미를 가지고 있는 듯했다.

이윽고 모두 자리에 앉자 남은 것은 로즈 여왕뿐이었다.

사람들은 그녀가 나타나기까지 오랜 시간이 걸리지 않을
까 예상했다. 오늘의 행사를 탐탁지 않게 여기는 만큼 빨리
나타날 이유가 없기 때문이다.

하지만 그 예상은 빗나가고 말았다.

"여왕 전하께서 납십니다!"

칼리 대비 등이 자리를 하자마자 로즈 여왕이 나타난 것이
다.

사람들은 의외라는 듯 앉으려던 몸을 다시 일으켜 세워 예를 취했다.

이내 대전으로 로즈 여왕이 모습을 드러냈다.

그녀의 얼굴은 평소와 다름없었다. 동요 없이 담담한 표정이었고 바른 걸음걸이로 왕좌에 가 앉았다.

그런데 단 한 사람.

칼리 대비는 로즈 여왕의 눈빛을 통해 알 수 있었다. 그녀가 흔들리고 있다는 것을. 대비의 얼굴에 보일 듯 말 듯 한 희미한 미소가 지어졌다.

"그럼 지금부터 국서 선출과 관련한 행사를 시작하도록 하겠습니다."

모든 이가 자리하자 의전 대신인 스트롱 백작이 행사의 시작을 알렸다.

사람들의 시선이 기대감으로 부풀어 오른 건 당연한 일이었다.

"먼저 오늘 행사에 대해 설명하겠습니다. 이 자리는 새로운 국서를 선출하기 위해 후보자들을 공개적으로 만나는 시간입니다. 후보자는 각 파벌당 한 명씩 선별됐으며 오늘 여기 계신 모든 분께 소개가 됩니다. 더불어 말 그대로 후보인만큼 확정된 것은 아니며 오늘 이 자리에서 로즈 여왕 전하를 비롯한 고위 왕실 분들의 심사를 거쳐 결정이 됩니다. 과반수 이상의 용인이 떨어진다면 국서로 선출되며, 그렇지 못하면 탈

락합니다. 이상입니다."

웅성웅성!

스트롱 백작의 설명에 그제야 사람들은 칼리 대비 등의 참석을 이해할 수 있었다. 심사를 위해 나타난 것이다.

생각해 보면 당연한 일이었다. 왕실의 새로운 가족을 맞이하는 일이니 대비나 대빈은 물론 왕실 장로회가 나서는 것은 지당한 일인 것이다.

"그럼 지금부터 후보자들을 만나보겠습니다. 후보자들은 앞으로 나서시오."

스트롱 백작의 말에 기다렸다는 듯 세 명의 남자가 몸을 일으켰다.

대전에 모인 모든 이의 시선이 그들을 향했고 그것을 느낀 남자들은 긴장된 표정을 숨기지 못했다.

그들은 중간에 모인 다음 함께 로즈 여왕의 앞에 섰다. 그리고는 이내 무릎을 꿇었다.

"국왕 전하를 뵈옵니다!"

세 명의 인사는 크고 우렁찼다.

긴장도 긴장이지만 국서 후보로서 선보이는 자리였기에 남자다움을 보여주려는 듯했다.

로즈 여왕은 별다른 반응을 보이지 않았다.

스트롱 백작이 사회를 이어나갔다.

"전하, 이 세 명이 바로 국서 후보자입니다. 그럼 한 명 한 명 소개를 하도록 하겠습니다. 먼저 안토니크 백작가의 이안입니다."

그 말에 가장 왼쪽에 있던 자가 일어났다. 그리고는 다시한 번 정중하게 예를 취했다.

사람들의 시선이 모두 그를 향했다.

이안은 갸름하면서 선한 인상을 가진 청년이었다. 체형을보니 무보다는 문에 가까운 인물로 확실히 생김새만 봐서는어디 내놔도 부끄럽지 않을 자였다.

"이안은 토퍼 백작의 첫째 아들입니다. 군사 가문의 자제답게 전술과 병법에 능하고 행정적인 면에서 뛰어난 능력을가지고 있다 합니다. 또한……."

스트롱 백작은 이안에 대한 것을 나열했는데 그것만 해도보통이 아니었다. 전날 로드리오 공작이 말했던 것이 부족해보일 정도였다.

한편 당사자인 이안은 나름 상황을 즐기고 있었다.

그는 어느 날 갑자기 국서 후보가 됐기에 바로 어제까지도얼떨떨한 상태였다.

사실 조금 전까지만 해도 국서 후보에 부정적인 마음이 강했다. 왠지 자신이 파벌 싸움의 희생양으로 팔려가는 느낌이었기 때문이다.

그의 아버지인 토퍼 백작은 국서가 되는 게 가문의 위상을높이고 성공으로 가는 지름길이라 말했지만 그는 아니라 생각했다. 자신의 능력을 믿기에 국서가 아니더라도 충분히 성공할 자신이 있었기 때문이다.

거기다 이런 경우는 처음이지 않은가. 여자가 시집을 가는 것처럼 남자인 자신이 장가를 가기 위해 보여지는 것. 남자로서 자존심이 상하는 일이라 여겨졌다.

그랬던 그의 생각이 바뀐 건 로즈 여왕을 보자마자였다.

로즈 여왕의 이야기를 듣기는 했지만 본 적은 한 번도 없었다. 그래서 그녀의 얼굴을 처음 봤을 때 그는 한눈에 반하고 말았다. 너무나도 아름답고 청초한 모습이 그의 마음을 흔든 것이다.

그는 처음으로 설렘을 느꼈고 부정적이던 생각은 긍정적으로 바뀌었다. 그러자 아버지가 했던 말이 생각났다.


"로즈 여왕의 마음을 뺏어라. 그래서 네 여인으로 만들어라. 만약 그녀가 네 아이를 가지게 된다면 우리 가문의 피가 왕가 혈통이 될 수도 있다."


처음엔 말도 안 된다 여겼다.

하지만 이젠 아니었다. 충분히 가능했고 가능하게 만들고 싶었다.

그에게 그럴 의지가 생겼으니까.

"좋아."

이안에 대한 소개에 에드리언 공작파와 델핀 공작파 귀족들이 놀란 눈치를 보이자 여왕파는 득의한 모습을 보였다. 심사숙고한 끝에 선출한 만큼 다른 파벌들이 동요할 정도면 성공적인 선택이기 때문이다.

그렇게 이안의 소개가 끝나자 스트롱 백작은 다음 후보자를 발표했다.

"다음은 슬레작 후작가의 네이슨 경입니다."

이번엔 세 명 중 가운데 있던 자가 일어났다.

그자 역시 정중하게 다시 한 번 로즈 여왕에게 예를 취했는데 큰 키에 단단한 체구, 뚜렷한 이목구비가 인상적인 자였다. 이안과는 또 다른 매력을 보이는 자로 체구와 손의 굳은 살로 보아 기사 같았다.

네이슨은 델핀 공작 파벌의 후보자로 그가 소개되자 델핀 공작 등은 자신감을 드러냈다. 다른 파벌과 마찬가지로 심사숙고해서 뽑은 자로 어디에 내놔도 뒤지지 않는다 생각하고 있었다.

"네이슨 경은 유명한 기사 가문인 슬레작 후작가의 자제로 자레드 후작의 둘째 아들입니다. 검술에 재능이 뛰어나 스무 살이 되기 전 익스퍼트급에 도달했고 지금은 소드익스퍼트 중급을 바라보고 있습니다."

확실히 분야는 달랐지만 네이슨은 이안 못지않았다. 뛰어난 실력을 가졌고 유망한 인물로 널리 알려져 있었다.

"훗."

네이슨은 이안보다는 좀 더 여유로웠다. 수련으로 인해 마음을 다스릴 줄 아는지 미소까지 보였다.

그는 이안과 달리 국서가 되는 것을 적극적으로 받아들였다. 국서란 자리는 보통 신분이 아니었기에 충분히 욕심낼 만하다 여긴 것이다.

거기다 이안과 마찬가지로 네이슨도 로즈 여왕을 마음에 두고 있었다. 다른 점이라면 그는 오늘이 아니라 이전부터 마음이 있었다는 것이다.

파벌에서 국서 후보로 자신이 거론될 때 로즈 여왕에 대한 걸 알아봤고 그녀의 초상화를 보고 한눈에 반하지 않을 수 없었다.

결국 아버지를 통해 적극적으로 나서줄 것을 요청했고 이렇게 후보로 발탁이 된 것이다.

파벌 싸움에 이용될 수 있다지만 남자로서 로즈 여왕을 차지할 수 있다면 그 정도는 충분히 감수할 만하다 판단한 것이다.

그는 여왕의 마음을 뺏을 거라 장담했고 그건 델핀 공작 등도 바라는 일이었다.

"…전투에 참여했고 지금은 가문의 기사단인 지데온에 소속돼 있습니다. 이상입니다."

그렇게 네이슨에 대한 소개도 끝이 났다.

이제 남은 것은 마지막 한 명.

스트롱 백작은 마지막 후보자를 발표하려 했다.

"마지막으로 소개할 후보자는……."

그런데 그때였다.

그그긍!

갑자기 굉음이 울리면서 대전의 문이 열리기 시작하는 것이 아닌가.

갑작스런 소음에 사람들의 시선이 모두 대전의 문을 향해 돌아갔다.

"뭐지?"

사람들은 의아하게 생각했다.

대전의 문이 열린다는 건 누군가가 들어온다는 것이고 그렇다는 건 밖에서 먼저 아뢰어야 했다. 그것이 기본 절차고 예의였다.

그런데 그것이 전혀 없이 갑자기 문이 열렸으니 이것은 큰 문제가 될 수 있었다.

사람들은 누가 들어오는지 바라봤다.

저벅저벅.

사람들의 눈에 들어온 것은 로브로 정체를 숨긴 불청객이었다.

그자는 온몸을 완전히 가리고 천천히 대전으로 들어서고 있었다.

그것을 보자 사람들의 눈빛이 변했다.

이 자리가 어디던가.

왕실의 주요 인물들이 모두 모인 자리였다.

그런 자리에 정체불명의 불청객이 나타났다는 건 심상치 않은 일임이 당연했다.

불청객의 등장에 대전 분위기는 달라졌고 이내 대기하고 있던 근위 기사들이 움직였다.

뚜벅뚜벅.

불청객은 똑바로 로즈 여왕을 향해 걸어갔다.

중요한 건 그자의 등에 검이 메여져 있다는 것이다.

당연히 긴장감은 더해갔고 곧이어 근위 기사들이 들이닥쳤다.

쉬아악!

쐐액!

경고는 없었다.

불청객을 중심으로 좌우 양쪽에서 십여 명의 근위 기사가 공격을 시도했다.

불청객은 그것을 보고도 걸음을 멈추지 않았다.

그냥 두 팔을 좌우로 뻗었다.

그러자,

"헉!"

"어억!"

놀라운 일이 벌어졌다.

갑자기 근위 기사들의 몸이 멈춰 버린 것이다.

"이, 이게 어떻게……!"

"뭐, 뭐야!"

놀란 것은 근위 기사들만이 아니었다.

그 모습에 대전에 있던 모든 이가 경악을 하고 말았다.

어찌 손을 휘두른 것만으로 상대를 멈추게 할 수 있단 말인가.

눈으로 보고도 믿을 수 없는 일이었다.

"모두 정신 차려라! 어서 저자를 막아라! 전하께 가지 못하게 막아!"

충격에 휩싸여 있는 그때 근위대장이 고함을 질렀다.

놀라고 있는 사이 불청객은 로즈 여왕과 더 가까워졌기 때문이다.

그에 근위 기사들 전부가 움직였다.

더불어 기사 출신 귀족들도 나섰다.

이건 파벌과 상관없었다.

만약 이렇게 많은 이가 모인 와중에 군주가 살해당하는 일이 발생하면 아즈라 왕국의 위신은 땅에 떨어지는 것이나 마찬가지였다.

아즈라의 귀족이라면 누구도 가만히 있을 수 없는 일인 것이다.

타다다다!

엄청난 소란과 함께 수많은 자들이 불청객을 향해 달려들었다.

그 모습은 마치 벌떼가 모여드는 듯했다.

그런데 막 공격이 들어가려는 찰나,

슈욱.

갑자기 불청객의 모습이 사라졌다.

마치 연기처럼.

"어, 어디로!"

사람들은 급히 불청객을 찾았다.

특히 국서 후보자 세 명은 바로 지척에서 없어졌기에 경계심 가득한 시선으로 주변을 둘러봤다.

그런데 그때였다.

"전하!"

누군가 다급한 목소리로 외쳤다.

그에 사람들의 시선이 로즈 여왕을 향했다.

"이, 이럴 수가!"

"안 돼!"

사람들의 낯빛이 핼쑥해졌다.

불청객이 로즈 여왕의 바로 앞에 서 있었던 것이다.

"멈춰라!"

"허튼 짓 하지 말아라! 전하께 무슨 일이 생긴다면 네놈은

살아서 이곳을 나가지 못할 것이다!'

근위대장과 귀족들이 무서운 표정으로 으름장을 놨다.

그만큼 놀라고 긴장한 것이다.

하지만 불청객은 아무런 말도 하지 않았다. 그냥 로즈 여왕을 바라볼 뿐이었다.

꿀꺽…

왕좌에 앉은 로즈 여왕도 긴장한 상태였다.

너무나도 갑작스럽게 일어난 일이라 정신이 없었지만 자신이 위기에 처한 걸 알 수 있었다.

그런데 이상했다.

분명 무섭고 떨려야 했는데 그런 감정이 전혀 느껴지지 않았다.

이유는 알지 못했다.

그냥 그럴 뿐이었다.

한데 그 순간,

스륵.

불청객이 얼굴을 가리고 있던 후드를 뒤로 넘겼다.

그러자 그자의 얼굴이 드러났다.

"……!"

얼굴을 본 순간 로즈 여왕의 눈이 커졌다.

그녀의 눈동자는 심하게 떨렸고 금세 눈물이 맺혔다.

믿기지 않는, 아니, 믿을 수 없는 일이 그녀에게 벌어졌다.

"다, 다⋯⋯."

로즈 여왕은 뭐라 말하려 했지만 너무나 떨려 말이 제대로 나오지 않았다.

그자가 말했다.

"로즈, 돌아왔소."

그 말에 로즈 여왕의 울음이 터졌다.

너무나도 익숙하고 그리운 목소리였다.

그리고 너무나도 사랑하던 그 얼굴이었다.

그녀는 불청객을 안으며 소리쳤다.

"데미안 님!"

그 외침은 대전을 울렸고 모두의 귀를 파고들었다.

이내 충격에 빠진 대전에 흘러나오는 소리는 로즈 여왕의 흐느낌뿐이었다.

『죽은 자들의 왕』 10권에 계속⋯

현대백수 장편 소설

FUSION FANTASTIC STORY

간웅

**뇌성벽력이 치는 어느 날!**
고려 황제의 강인번을 들고 있던
어린 병사가 낙뢰를 맞고 쓰러졌다.

하지만… 다시 눈을 뜬 이는
현대 대한민국에서 쓸쓸히 죽은
드라마 작가 지망생.

**고려 무신 시대의 격변기 속에서 눈을 뜬 회생[回生].**
**살아남기 위해! 죽지 않기 위해!**
**그의 행보로 인해 고려는 서서히**
**변하기 시작하는데…….**

치세능신 난세간웅(治世能臣 亂世奸雄)!

격동의 무신 시대!
회생, 간웅의 길을 걷다!

Book Publishing CHUNGEORAM

유행이 아닌 자유추구 -
**WWW.chungeoram.com**

절정고수들이 하늘 높은 줄 모르고 설치던 한 세상
서른여덟 개의 세력이 서로를 견제하던 혼돈의 시대

그 일족주발의 부림 속에
첫 발을 디딘 어린 소년

"나는 네가 점창의 별이 되기를 원한다."

사부와의 약속을 지키고
난세로 빠져든 천하를 구하기 위해
작은 손이 검을 들었다!

박선우 新무협 판타지 소설 FANTASTIC ORIENTAL HE

풍운사일

# 내일을 향해 쏴라

**김형석** 장편 소설

FUSION FANTASTIC STORY

1만 시간의 법칙!
'성공은 1만 시간의 노력이 만든다' 는 뜻이다.

그러나…
사회복지학과 복학생 수.
전공 실습으로 나간 호스피스 병동에서
미지와 조우하다.

1만 시간의 법칙?
아니, 1분의 법칙!

**전무후무한 능력이 수에게 강림하다!**
**맨주먹 하나로 시작한 수의**
**인생역전이 시작된다!**

Book Publishing CHUNGEORAM

청어람 카페 가입주소
www.chungeoram.com